沈黙の詩
京都思い出探偵ファイル

尋找回憶的偵探們3
沉默之詩

鏑木蓮——著
lyrince 繪
鄭舜瓏 譯

序曲

直落黑暗。伸手不見五指的闃黑洞穴。
震耳欲聾的爆破聲，眼前出現一道白光，瞬息消逝。
又，落入漆黑。
土石的味道混雜血的惡臭。
那人是生是死。
我是生是死。
一如往常，用手摸索，挖土塊。
指尖碰到了什麼。
感覺到手掌抓著一塊凹凹凸凸的石頭。
我靠著這塊石頭，活到現在。
爲了把這塊石頭帶回去，我使勁握緊它。
像蜥蜴一樣，我立起雙肘。
一點一點地摩擦著腹部，改變身體方向。
看見遠方傳來微光。
渾身塵土的蜥蜴朝著微弱的光線前進。
活下去，我會好好活下去。

1

時序進入二月，新春以來連日晴朗的暖和，使得此時的寒風更加刺骨。白天吹來的風固然寒冷，一到黃昏，京都特有的凍骨寒氣才正要襲來。

從「回憶偵探社」事務所的窗戶，隔著烏丸大道斜對面可看見名爲「蛤御門」的高麗型大門。這是位於京都御苑西側的九門之一。

「這麼冷的天氣，大家辛苦了。」

實相浩二郎聽完出外調查回來的眾人報告後，示意妻子三千代端出紅豆年糕湯。

「好香喔，太棒了。三千代姊的紅豆年糕湯，光聞味道就讓人溫暖起來。」

一之瀨由美倏地起身幫忙三千代。騎著750cc重型機車「KATANA」的她，曾經是護理師，舉止儀態依然保持靈活中帶柔和。束著一頭烏溜長髮的她，五官端正，身材性感，非常上相，現正以回憶偵探的身分成爲地方電視台帶狀節目的固定班底。

回憶偵探，顧名思義即替人尋找回憶的偵探。這間獨樹一格的偵探社，是由前京都府警一課刑警浩二郎於七年前創立。

調查員有與由美情同姊妹、二十九歲的橘佳菜子，以及仍在實習、二十七歲的平井眞，加上負責人浩二郎一共四名。

佳菜子十七歲時雙親慘遭殺害，負責調查此案的正是刑警浩二郎。之後，她高中畢業留在當地工作，但這場凶案導致她罹患壓力創傷症候群，沒多久就離職。輾轉換了幾份工作後，轉而向浩二郎求救。在由美的鼓勵與支持下，她在回憶偵探社工作四年，早已成爲不可或缺的寶貴人才。

「使用葉片式電暖器屋內空氣會比較好，但熱度就是不夠強。」

發現事情沒有效率，擺出一副老練樣子說話的，是身材瘦長的眞。

眞是I大學醫學院畢業，已取得醫師執照。但他仍未下定決心，不知應該成爲與患者直接接觸的臨床醫師，還是投身醫學研究的領域。眞的祖父平井定國擔心他與人溝通的能力不足，於是找與浩二郎交情甚深的執業醫師飯津家商量，讓他以實習偵探的身分暫時在偵探社工作。定國擔心的沒錯，由於心直口快，眞時常與身邊的人發生摩擦。雖然他本性善良，但設身處地爲別人著想的能力，似乎有待加強。

「這種溫和的暖度就夠了啦，不管是屋內或人都一樣。」

如此強硬回嘴的是由美。

「是喔，可能是我的皮下脂肪太少了吧。」

眞看了由美豐滿的胸部一眼。

「我說你啊……」

「不過，脂肪是組成人體重要的成分，我也趕緊來攝取大量的糖分好了。」

眞的鼻子湊近裝紅豆年糕湯的木碗。

「眞是夠了。去岩手旅行的時候，我還以爲某人的個性有變好一點。」

由美沒指名道姓地說。

爲了和去年某委託案件中認識的女士見面，大夥一起前往岩手縣，順便來一趟員工旅遊。那位女士很喜歡唱歌，靠唱歌度過人生各種困境，卻因生病必須切開氣管，導致無法發出聲音。

對此，眞提議在那位女士的氣切發聲器上，裝矽膠材質的氣切套管。後來大家得到消息，那位女士已恢復到可以唱歌的程度。

大家去岩手，就是爲了聽她的歌聲。

避免由美火冒三丈，三千代插話：

「好了、好了，紅豆年糕湯要趁熱吃。」

由美與眞一碰面就會吵架。但由美通常只是嘴上說說，並非眞的生氣。

飯津家曾告訴浩二郎，眞在小學四年級失去最愛的阿姨，很可能受到衝擊，使他從此不願與人產生關聯，害怕總有一天會失去，久而久之成了習慣。浩二郎也把這件事告訴由美。

但由美基於教育動機，時常對眞說出諷刺和訓誡的話語，爲的是讓他明白，他那些話聽在別人耳裡心情會有多麼差。只是大多時候，眞根本搞不懂由美爲何發脾氣。

即使如此，從眞對失去聲音的女士展現出的溫暖態度，浩二郎仍充滿期待。他確定眞的內心深處擁有對生命的慈愛，如果能化爲對人的體貼，就能重新構築人際關係。浩二郎也希望眞能仔細思考，因害怕與喜愛的人分開而選擇逃避去愛，這樣的生活方式能否爲自己帶來幸福？

大家品嘗紅豆年糕湯時，爲事務所帶來片刻寧靜。

吃完，三千代開始收拾餐具，大家露出滿足的表情各自回到辦公桌前，對著電腦撰寫今天的報告書。

就在時針指向六點時，門鈴響起。

佳菜子起身，拿起對講機的聽筒。

浩二郎桌上設有對講機的視訊螢幕供他檢視，這是爲了保護大家的安全措施，以防僞裝成委託人的可疑人士。

螢幕上出現一位約五十多快六十歲的女士，身後有另一位女士陪同，從臉部特徵來看，應該是一對母女。

「我姓久保見，這是我的女兒。」

那位母親在會客區的沙發坐下後，隨即開口。

「我是這裡的負責人實相浩二郎。」

浩二郎遞出名片，詢問：

「久保見太太，方便告訴我全名嗎？」

「我叫壽子，我女兒叫白土壽里。」

急忙回答的壽子是留著鮑伯短髮，鼻梁高挺的優雅女士。身旁的壽里頭髮留得比母親長一些，兩人長得非常相像。

「請問您從哪裡過來的？」

「大阪。」

「這麼寒冷的天氣，還勞煩您跑這一趟。尚未著手進行調查前，我們不會收取任何費用，請放輕鬆，慢慢說。」

浩二郎這句話像是暗號似的，一說完三千代就端出茶和點心。浩二郎透過敏銳的觀察，判斷眼前這兩人不是媒體工作者，也不是來探聽行情的。

三千代將煎茶和鶯餅放在桌上，浩二郎出聲指名負責記錄的人員：

「請橘小姐過來一下。」

彷彿與三千代對調一般，佳菜子朝會客區輕輕點頭後走進來，壽子母女趕緊起身。佳菜子自我介紹後向兩人遞出名片，並請兩人就座，自己也找位子坐下。她翻開手中的筆記本，屏氣凝神，擺出準備記錄的姿勢。

這一連串流暢的舉動顯示，佳菜子已完全習慣這樣的應對方式。

「那麼，請說出困擾妳們的事情吧。」

聽完浩二郎的話，壽子與壽里互看一眼。

在壽里的鼓勵下，壽子開口：

「請問，如果是當事人遺忘的事情，也可以請你們調查嗎？」

「我們曾經查明某位喪失記憶者的身分。換句話說，即使是喪失記憶的案件，我們也會受理，並盡可能地調查。」

「說是喪失記憶也不為過，其實……」

壽子露出不知該如何解釋的表情，望向女兒。

「沒關係，想到什麼就說什麼。」

浩二郎特意放慢語調。

「我們是為了爺爺的伴侶來的。」

女兒壽里握住壽子的手，開門見山地說。

「是家父的內緣（註）……」

壽子的聲音小到讓人難以聽清楚。

「您提到令尊的伴侶、內緣，為求正確，可以讓我問得更深入一些嗎？」

註：日本的事實婚，指未辦理結婚登記，有實無名的婚姻關係。

「可以。」

「令尊與那位女士並沒有結婚，對吧？」

高齡者擁有無婚姻關係、共享晚年的伴侶並不稀奇。只是，親生女兒對此事難以啓齒也是人之常情。對身爲孫女的壽里來說，或許比較不覺得尷尬。

「這事說來丟臉，我們並不知道。說『我們』，是因我上面還有一個哥哥。我們都以爲父親早已和絹枝阿姨再婚。」

「那位伴侶就是絹枝女士吧，今年是多大歲數呢？」

「八十五歲。父親八十九歲。母親在我讀高中的時候，生病去世了，享年四十三歲。父親和母親相差七歲，所以父親從五十歲以後就一直維持單身，直到六十一歲，絹枝阿姨才進來我們家。她大概是想等我哥獨立、我結婚後，才願意進來我們家。」

「容我整理一下。令尊與絹枝女士一起生活，是在令尊六十一歲、絹枝女士五十七歲的時候。現在令尊八十九歲，表示他們有二十八年的時間，處於沒有婚姻關係的同居狀態，沒錯吧？」

以晚年結交老伴來說，六十一歲算相當年輕，兩人在一起的時間又長，按理很適合再婚。

「是的，沒錯。」

「令尊有財產嗎？」

的導火線。通常，有小孩的男士不願意續絃的理由之一，就是怕會成爲爭產的火種、彼此撕破臉

「實相先生知道居酒屋『鳥大將』嗎？」

壽子指的是在關西一帶起家的連鎖居酒屋。

「是，我知道。京都也有好幾家分店。」

他曾在事務所往北六百公尺遠，橫越市內的今出川大道附近，看見一隻穿盔甲的雞印著「鳥大將」的看板。

「父親就是該店的創始人，赤城壽士。」

管理營運這些居酒屋店鋪的正是她父親，「Taisho Corporation」創始人赤城壽士。即使是與財金界毫無瓜葛的浩二郎，也知曉赤城的大名。他記得，這間公司是由美節目的贊助商之一。

「換句話說，令尊擁有相當豐厚的財產吧。」

「從大阪到九州大約有兩百間店鋪，年營收一百二十億圓左右。但父親於八十歲時退休，現在已不過問公司的經營。」

壽士與絹枝一起住在大津市的雄琴溫泉附近，以銀髮族爲對象的新住家大樓。據說，那裡還提供醫療與照護服務。

「儘管如此，令尊累積了我們難以想像的財產。」

大概是浩二郎流露「原來是這樣才不辦結婚手續」的表情，壽子急忙否認：

「他們不結婚，理由與父親的財產無關。」

「令尊親口這麼說嗎？」浩二郎詢問。

「不，我們沒有問過他，不過我想父親一定會這麼說，這一點我非常確定。我們公司成長到這麼大的規模，全靠絹枝阿姨的幫忙。」

壽士原本在大阪梅田車站附近，經營繼承自父親的烏龍麵店。壽子兄妹也是在那裡長大。

壽士本身木訥不善社交，相較之下，妻子秋穗——也就是壽子兄妹的母親，待客殷勤，把店打理得很好。秋穗去世沒多久，店裡的客人就變得稀稀落落，壽子兄妹也察覺這種情況。

「絹枝阿姨是我們店裡的常客，她很喜歡父親煮的高湯，和母親也頗合得來。」

「當時，壽子女士與令兄都認識絹枝女士吧。」

「店裡忙碌的時候，我會去幫忙，家人聊天時也常提到絹枝阿姨。」

據說，絹枝就是提供秋穗新菜單點子的人。

「那時阿姨想出的菜單是，搭配熱騰騰的鴨肉湯吃的沾麵，和有點像在吃冷麵的沙拉烏龍麵，這兩項現在仍是『鳥大將』客人必點的人氣料理。」

「絹枝女士從事過餐飲業嗎？」

「這我不知道，但可能待過類似居酒屋的店吧，聽說絹枝阿姨曾建議改開串燒店。」

「換句話說，『鳥大將』是絹枝女士的提案吧。」

「是的。但父親的個性不適合開提供酒的店，說除非絹枝阿姨來幫忙，他才肯開，於是轉換跑道經營居酒屋。」

「話說回來，令尊下了很大的決心哪。雖然都是做吃的，但烏龍麵店和居酒屋的性質可是天差地別。」

「這一點絹枝阿姨出了很大的力。從雞肉的進貨通路，到選酒、店內裝潢設計等，好像幾乎都由絹枝阿姨決定。聽說是當時資金不太充裕，沒有自行嘗試錯誤直到成功開店的本錢。」

「看樣子，絹枝女士應該有餐飲業方面的經驗，否則沒辦法做出這麼多決斷。」

「應該是這樣，或許吧。她也非常會接待客人。最重要的是，她的手腳俐落。居酒屋的開店準備就夠忙了，她還做飯給我們兄妹吃。打烊後她會回家睡覺，所以都是半夜做好早餐，甚至是我的便當。」

壽子一臉懷念地說，她的便當用料非常豪氣，常招來同學羨慕的眼光。

「她的廚藝很好。」

「由於實在太可口，我們兄妹常央求她做飯，明明已到該自己做飯的年紀也是一樣。就我看來，她喜歡做菜，更喜歡做菜給別人吃。以前放學回來，她會親手爲我做點心，有一次我大快朵頤後，跟她說『好好吃』，她突然緊緊抱住我。絹枝阿姨說『謝謝妳』，嚇了我一大跳。」

「看到別人享用自己準備的食物並稱讚『好吃』，於是向對方表達感謝之意，換成一般人大概很難說出口。」

絹枝似乎是對食物擁有真摯直率性情的女士。

「感覺她喜歡待在廚房，也喜歡在吧檯和客人交談。可以說，如果沒有絹枝阿姨就沒有『鳥大將』，連烏龍麵店也會經營不下去吧。開店初期，父親手頭很緊，絹枝阿姨不僅幫忙出哥哥的學費，還跟我說去做有興趣的事就好。更不用提，如果沒有『鳥大將』，我們就沒有現在的生活。」

壽子瞥向壽里。

現在壽子的丈夫洋平擔任總經理，她擔任副總經理，女兒壽里和女婿白土良樹也都是「Taisho Corporation」的員工。

「令兄呢？」

「哥哥是醫師。五十五歲時從大學醫院提早退休，目前在父親入住的大樓擔任特聘醫師。」

壽子進一步說明，由於哥哥選擇醫學之路，她的丈夫久保見洋平才會繼承公司。

「這樣啊。這麼一來，令尊也能放心了吧。」

「但父親最近十分心煩。」

壽士半年前罹患腦梗塞的後遺症還在，壽子擔心這樣下去，不只絹枝阿姨，連父親的身體都會撐不住。

「令尊心煩的原因是絹枝女士吧。」

「沒錯。約一個月前，大年初三，絹枝阿姨在家裡跌倒，撞到骨盤和頭部。診斷的結果，骨盤骨折，頭部則引發急性硬腦膜下血腫。」

壽子頓了頓。

「他們住的社區內有設備完善的醫療大樓，絹枝阿姨在那裡接受治療，腰傷已慢慢復原，但似乎出現失智症的症狀。」

說完，壽子嘆口氣。

浩二郎聽由美提過，許多高齡者骨折住院後，會有認知功能下降的狀況，而且絹枝腦部受到損傷，即使出現失智症的症狀也不意外。

「真遺憾。那麼，她失智症的退化程度大概多嚴重。」

「好像記不得我們了。更殘酷的是，連父親都不認得……」

「有辦法與人溝通嗎？」

「聽說，護理師的話都還能理解，但她一整天大半時間都躺在床上，幾乎不與人交談，也只吃少量的流質食物。」

廚藝高超的絹枝同時也是愛吃鬼，而且是吃不胖的大胃王。原本是幾杯黃湯下肚就會在卡拉ＯＫ大展歌喉，唱起歌謠曲或演歌的開朗之人，如今彷彿變了個人。壽子悲傷地說。

壽子在談論絹枝時，沒有一絲對繼母的嫌惡感。

「也就是說，她的意識十分清醒。」

「是的，主治醫師表示，和受傷前沒什麼兩樣。胃、腸等其他臟器也都沒有疾病，身體卻一直衰弱下去。」

「內臟沒有問題，但吃不下去。那麼，問題還是出在大腦受到的衝擊。」

「雖然不是腦神經內科的專科醫師，但哥哥從大腦損傷不是很嚴重的情況判斷，應該是心因性的疾病作祟。」

「令兄的意思是，絹枝女士的大腦功能並沒有喪失嗎？」

「主治醫師也這麼說，目前只能持續觀察。不過，我們最擔心的反倒是父親，不曉得他會不會跟著絹枝阿姨一起虛弱下去。若絹枝阿姨不能康復，或許父親也……所以我們今天才會登門拜訪，希望藉由過去的回憶刺激絹枝阿姨的大腦。」

壽子聽哥哥說，有些案例顯示，初期失智症患者透過談論往事，成功提高生活品質。

「藉由過去的回憶刺激她？」

「是的。如果只是談論往事，我們多少幫得上忙，於是向父親問了許多問題，只是……」

壽子一時語塞，低下頭。

「怎麼了嗎？」

「接下來，換我替媽媽講吧。」

壽里突然開口。

「我們問爺爺許多問題，他都不正面回答。」

他們勸壽士，至少要讓絹枝的親人知道她的現況，但壽士堅決不透露，只說他不認識，要他們不要多管閒事。

「我們問絹枝姨媽是哪裡人、有多少兄弟姊妹等，爺爺一概回答『不知道』。媽媽擔心得不得了，甚至懷疑連爺爺都罹患失智症。」

「久保見女士，令尊能理解您的考量嗎？」

「哥哥把醫學雜誌上刊登的成功案例告訴他時，他表露過關心，我想他應該理解。」

「即使如此，還是不肯說嗎？」

經常聽說老老照護的辛苦非外人可想像，但沒聽過夫妻同時罹患失智症的案例。

「無論我們問什麼，爺爺總是說『不知道、不知道』。媽媽，對吧？」

壽里向壽子確認。

壽子眨了眨眼回應。壽里收到回應後，繼續道：

「最後，爺爺就會發脾氣。」

「由外人來問，或許他會比較容易說出口。」

憂心忡忡的壽子低喃。

「這樣啊。事情我大概知道了。主要的目的就是希望藉由向絹枝女士訴說往事，喚醒她的記憶。爲此，必須先從令尊那裡打聽到絹枝女士的過去。這樣理解應該沒錯吧？」

「你們願意接受委託嗎？」

壽子帶著哭聲抬頭問。

「是的，我們的一名成員擁有醫師執照，我會請他跟主治醫師與令兄談談。我們不希望對話造成令尊身體的負擔，也想掌握他的病情。這一點麻煩您先通知一下。」

「我知道了。」

「還有什麼問題嗎？」浩二郎問佳菜子。

「請問，絹枝女士是在自家的哪個地方跌倒？」

佳菜子解釋，她的某位女性親戚曾腦出血昏倒，奇妙的是，對方一回想起在哪裡昏倒後，便能流暢說出昏倒前發生的所有事情。

「這個嘛……好像是在客廳，還是和室？當時只有我父親在家，他非常慌張。總之，父親立刻按下裝設在屋內的緊急按鈕，呼叫醫護人員。壽里還記得嗎？我是這麼告訴妳的吧？」

「大概是這樣沒錯。既然是頭撞到地板，應該是在客廳吧？」

壽里似乎記得不是很清楚。

「這一點我也會跟令尊確認。」

佳菜子看了浩二郎一眼，闔上記錄用的筆記本。

2

隔天早晨，佳菜子咬唇心想，不好的預感成眞。這是她做紀錄時就浮現的預感。訪問疑似罹患失智症的高齡者，想要做好這個工作，與其說靠的是發揮過去培養的能力，不如說是一場耐力比賽。而且還不是找人，是想辦法讓一點也提不起勁說話的人，把事情的來龍去脈說一遍。最讓人感到憂鬱的是，這次要和眞一起行動。

佳菜子心想，如果是醫學知識，或爲當場病發的患者緊急處理，眞其實挺靠得住。體貼別人的心也還有一點，就算常吐出讓人火冒三丈的毒辣言語，佳菜子知道他並沒有惡意。可是，她仍無法習慣眞那種少根筋的發言。

從京都車站搭乘JR湖西線電車，二十分鐘即可抵達「雄琴溫泉」站。佳菜子不斷在內心禱告「拜託不要跟我說話」，但找到空位坐下後，眞立刻搭話。

「從這邊是往琵琶湖西側前進，和彥根城剛好是反方向。」

「所以呢，那又怎樣？」

佳菜子不自覺地回應。她怕忽視不回應，眞會侵門踏戶地直探她的隱私。

「做設計的大叔，不是就住在彥根城附近嗎？」

「什麼大叔，澤井先生可是替我們偵探社設計商標耶，這樣稱呼他太沒禮貌了。」

佳菜子的話聲變得有些激昂。替回憶偵探社製作商標的設計師澤井一臣，在彥根有一間自己的事務所。佳菜子與他因某起案件認識，進而委託他替尙未有商標的偵探社設計商標。五十三歲、至今仍和母親同住的澤井，是個單身漢。雖然有二十四歲的年齡差距，但他舉手投足散發出的溫柔與包容力，相當吸引佳菜子。

不知爲何，眞察覺到此事。

「果然，叫他『大叔』妳就會不高興。」

眞嗤笑一聲。

「『果然』是什麼意思？」

「妳看這個商標。」

眞從皮製名片夾中取出自己的名片。

「勿忘草和凝望勿忘草的女性側臉剪影，多麼充滿童話趣味的設計。而且，只要仔細看這名女性的側臉，就覺得好像誰。短髮的造型也很像，明明只是剪影，眞是不可思議。」

眞注視佳菜子的臉龐。

「我聽不懂你在說什麼。」

「其實，大腦這個器官最喜歡自己了。此一輪廓也頗像來回憶偵探社時的澤井先生。換句話說，受到與自己相似的人吸引，然後會錯意，以爲是戀愛。」

「什麼會錯意，太過分了。」

「哦，如果不是會錯意，就是那位大叔一廂情願的單戀？」

「我沒有必要回答你。」

「生氣了，臉也紅了。」

「那是暖氣太強的緣故。」

「從年齡差距來看，是戀父情結嗎？」

「你不要胡言亂語。」

光是聽到與父親有關的詞彙，佳菜子腦中便浮現慘遭殺害的父親沾滿鮮血的臉。那時的父親，比現在的澤井年輕十歲以上。

「我們要去見的人年紀更大，和有戀父情結的人一起去，對方比較容易卸下心防。橘學姊大概是容易被年紀大的人疼愛的類型。這種特質可能是與生俱來，我沒有這種才能，待會要靠妳多多幫忙。」

眞收起名片，默默拿出平板電腦，點開醫學電子書閱讀起來。

莫非眞只是為了拜託佳菜子幫忙，才特地端出澤井的話題？

從車站步行約二十分鐘，便抵達赤誠壽士與絹枝住的「un endroit雄琴」大樓，比約定的上午十點早十分鐘。

八層樓高，以高雅棕色為基調的這棟建築物，說是溫泉鄉的度假飯店也不為過。

站在鑲於大理石柱上的門鈴前，眞代替退縮的佳菜子按下住戶號碼「701」。

「您好。」

聽聲音應該是昨天見過面的久保見壽子。

被眞從背後推一把的佳菜子開口：

「我們是回憶偵探社的人，敝姓橘。」

「我馬上開門。請從入口右邊的電梯上到七樓，我會在梯廳等候。」

聽到玄關大門的解鎖聲，兩人走進大樓。

踏出電梯便看見壽子站在梯廳。壽子帶他們一起朝701室走去。

不愧是年營收一百二十億圓公司的前任社長的住處，寬敞又明亮，設備也都充滿高級感。

佳菜子心想，我一輩子也住不起這種高級大樓吧。

「麻煩在這裡稍等，我去喚父親過來。請隨意坐。」

壽子示意環顧室內的佳菜子坐客廳的椅子。

「好的。」

「眞不錯的房子，我也想在這種地方度過餘生。」

眼角餘光瞥向畢恭畢敬的佳菜子，眞對著往裡面走的壽子拋出少根筋的話。

「欸，平井……」

佳菜子盡可能露出恐怖的表情瞪著眞說。

「妳似乎也挺喜歡的。」

「不是這個啦。」

「這裡應該有引進溫泉吧？」

眞又提高音量對著裡面說話時，走廊上出現推著輪椅的壽子身影。

「爸爸就是喜歡這裡的溫泉水，對吧？」

一頭白髮的壽士身形高大，坐在輪椅上。壽子這麼問他。

「是啊。你們就是偵探？」

壽士緩緩開口，嗓音沙啞，不容易聽清楚。他的臉上毫無生氣，眼神也很空虛。

「敝姓橘，這位是……」

「敝姓平井。」

眞起身，把自己的名片遞給壽士。

「眞年輕哪。」

「一般人聽到回憶偵探，腦中浮現的應該是散發著濃厚昭和氣質的中高年人士吧？」

看到眞毫不在意對方是「Taisho Corporation」創始人，直言不諱地交談，佳菜子只能暗自捏把冷汗，默默注視著他。

「你們聽得懂我們老人家的話嗎？」

壽士盯著眞，眼神變得銳利，感受得到他的嚴肅。

「那要看是什麼話題。或許沒辦法輕易理解吧，畢竟歷史的分量不同。」

眞笑著坐回座位上。

「分量不同……是嗎？」

壽士笑的時候只動了左邊臉頰。

「爸爸，別擔心，這兩位都是專家。」

壽子把輪椅停在桌子旁邊，踩下車輪固定器，然後直接走進中島廚房，將咖啡機的咖啡倒入杯子，端給佳菜子他們。

壽士面前擺的則是裝著抹茶的茶碗。

「請問，有沒有通知社區醫療大樓的醫師？」

「我只跟他說，今天早上偵探社的人會去瞭解一下媽媽的情況。」

他們自家人似乎稱呼絹枝爲「媽媽」。佳菜子再次感受到，他們與絹枝之間擁有二十八年濃厚的家族情感。

「那麼，我們之後再去瞭解絹枝女士的病況。」

「你就是擁有醫師執照的偵探嗎？」壽士詢問。

「不，不是我。」

佳菜子把目光投向身旁靠在椅背上，蹺著腳的眞。

「是你啊？」

「是的，是我。我問過大學醫科的朋友，這裡的醫療大樓的腦外科醫師是神足醫師吧？他是我祖父的學生，嚴格來說，也不是外人。」

「這樣啊，你認識我們家的醫師……平井先生，拜託你了，幫忙絹枝恢復正常。」

壽士的右手按住在桌面顫抖的左手，低下頭。

「我不是以醫師的身分來這裡，不方便說什麼。但假使血腫造成腦損傷的情況不嚴重，確實可能是心因性失憶。這種情況，如同壽子女士的兄長所言，可以刺激她的腦神經，幫助她恢復記憶，順利的話，連認知功能都會復原。現在，絹枝女士對赤城先生有什麼反應？」

「不確定她還認不認得我。」

對於壽士的呼喚，絹枝並未回應。甚至，一看到壽士，就翻身背向他，蜷縮起身子。

壽士皺起雪白的眉毛說，感覺是一看到他就討厭。

「她對久保見太太也是一樣的態度嗎？」

眞詢問壽子。

「我想想，好像差不多是這樣。」

「對醫院的工作人員呢？」

「對護理師似乎就不會別過頭。」

「護理師是女性嗎？」

「是的。啊，這麼一提，絹枝阿姨看到是男性護理師，似乎就會露出嫌惡的表情。」

「她或許認爲女性護理師才是照顧自己的人吧。關於認知功能，我還無法判斷，但在意志表達方面似乎沒問題，看來很有希望。刺激記憶中樞，這個方法滿可能成功，到時她就會一點一滴回想起過去的生活足跡和記憶。」

聽到眞的這番話，佳菜子感到十分意外。

當然，她不是輕視記憶。若說構成人體的成分是水、蛋白質、脂肪、礦物質、醣類，構成「心」的成分就是種種體驗的記憶，換句話說，就是回憶。正因如此，她才會選擇現在的工作。她曾被親戚取笑「光是找回憶就能拿錢，眞是輕鬆的工作啊」，但佳菜子只回他們一句，她對這份工作感到驕傲。

然而，她仍無法肯定透過回憶往事，刺激記憶中樞是有效的方法。眞擁有醫師資格才敢這麼說吧，但就算她是專家，大概也沒有勇氣說得這麼肯定。

以前浩二郎曾說，動物都有歸巢本能，人也一樣。這種本能遺留下來的痕跡，或許就是所謂的鄉愁。每個人都是反芻著回憶中的人、事、地，一邊往前邁進。高齡者搬往陌生的城鎮後，就會失去可供回憶的風景，所以很多長者似乎都會罹患失智症。像是他們想打開記憶的大門，卻一直找不到鑰匙孔，最後大腦細胞決定放棄尋找回憶。想想看，一般情況下，應該是新的城市比較新鮮有趣，可以活化腦細胞，但大多數的高齡者都會不斷想回到生長或住慣的地方。

「這樣啊，關鍵還是在回憶……」

壽士皺眉，低下頭說：

「可是，我對絹枝瞭解不多。」

「『瞭解不多』，是因絹枝女士很少提起自己的過去嗎？」

佳菜子打開筆記本，飛快地詢問。

「她不想說，我也沒辦法強迫她……」

壽士瞄了壽子一眼，隨即別過頭。

他露出含著苦澀食物般的表情，似乎十分難受。

「您與絹枝女士，是在您的店裡認識的吧。」

要找出記憶的線索，最好的方法就是先把時間倒帶，回溯到第一次見面的時候，再慢慢把時間往前推進。

「我從老爸那裡繼承位於梅田小巷弄的烏龍麵店『久屋』。絹枝每天都會來報到，最初跟她熟識的是我的太太，也就是壽子的母親。」

壽士喉嚨似乎卡了痰，說話總夾帶輕咳，但聽習慣後，還是能理解他的意思。

「當時您對她的印象是……？」

佳菜子俐落地提問。

「個子嬌小、身材纖細的女性，但吃東西很豪邁。吃完定食還能將一碗咖哩烏龍麵一掃而空。」

「『久屋』的定食每日附送不同的烏龍麵，有時候是咖哩烏龍麵。」

「但她只喜歡咖哩口味。我太太還開玩笑地對她說：妳吃的那麼多東西都跑到哪裡去了？」

「那時候絹枝女士在哪裡上班？還是從家裡過來？」

「我不清楚。」

壽士的眼神游移。

浩二郎常對佳菜子說，先觀察眼睛的動靜就對了。別開視線、目光不定、瞪眼或閉眼，雙眼最能透露一個人內心的想法。

「所以，您也不知道她是否在公司上班？」

「不知道。」

「您看到她做菜的手法，有什麼感想？」

浩二郎和佳菜子都認爲，絹枝曾從事飲食業。

「不是外行人，從她用菜刀的樣子就明白。」

「您和她聊天時，從未談及她待過哪間店、在哪間店工作之類的話題？」

「沒有……」

「一起生活後，也都沒聊到過去的事情嗎？比如，味噌湯的口味是母親傳授等等。」

壽士否定的語氣十分微弱。

壽士搖搖頭。

「出身地呢？」

「從沒提過，她大概有許多苦衷吧……」壽士喃喃自語。

「苦衷？」

「是啊。我的意思是，不想讓人知道的過去。」

壽士銳利的目光注視著佳菜子。

「您是不是知道些什麼？」

「不，我不知道，從沒問過。說來丟臉，我非常依賴絹枝，要是她跑掉，我的店只能關門大吉。」

「赤城先生，您確信絹枝女士有不想讓人知道的過去，表示您有所根據，對吧？」

佳菜子試著追問，否則會和壽子她們一樣，對絹枝的過去一點頭緒也沒有。

「那是……」

「您是不是想起什麼？」

壽士目不轉睛地盯著佳菜子。

他的眼神中似乎摻雜猜疑，不確定能否信任眼前的人。佳菜子思忖片刻，有些強硬地開口：

「赤城先生，您太擔心絹枝女士，似乎變得很憂鬱。您的女兒和孫女十分擾憂，才會來找我們商量。只要能讓絹枝女士好轉，任何方法都值得一試，不是嗎？」

「話雖如此……」

壽士瞥壽子一眼，一臉抱歉地低語：

「壽子，妳先離開一下。」

「果然還是不想說給我聽？」

「唔……可以這麼說吧。」

「我們待會再把詢問的內容轉達給她，這樣您能接受嗎？」

佳菜子向壽士確認。委託人畢竟是壽子，佳菜子不希望進行案件報告時引發爭議。

「沒關係。」

壽士閉上雙眼。

「久保見太太，不好意思，方便請您配合嗎？」

佳菜子向壽子鞠躬。

「我知道了，那就拜託你們。」

「爸爸，我們就在裡面，需要什麼喊我們一聲。」

壽子也鞠躬回應，叮囑壽士一句後，步出走廊。

「抱歉啊……」壽士說，但音量太小，恐怕傳不到壽子耳中。

壽士端正坐姿，清了清喉嚨，緩緩道來：

「當初，決定要改做串燒店後，絹枝立刻用很便宜的價格採購到高品質的雞肉。一開始我還不知情，等經營上軌道，才曉得她與某間養雞場簽了合作契約。」

那是位於岡山縣、十分有名的養雞場，由於飼料混合葡萄皮，加上用放養的方式飼養，雞隻都非常健康。若非熟識的人，很難跟他們取得貨品。於是，壽士向絹枝追究此事。

「然後，她一邊哭一邊向我坦白，那是她舊情人的弟弟。原來在我之前，她曾和其他男人在一起，而且沒結婚。我問她原因，她懇求我不要追究。我第一次看到絹枝那樣心慌意亂的樣子，也是最後一次。」

「那麼，絹枝女士的難言之隱是什麼？」

「嗯，之後，我有好幾次和她談及過去的機會。比如，過年煮年糕湯，湯頭要用清湯、白味噌、混合味噌，還是用柴魚高湯、雞湯，以及要放什麼料？大家的出身地不同，很容易聊到故鄉的習俗。」

從壽士口中聽到高湯、味噌等話語，佳菜子自然地想像起他站在廚房的身影。

「年糕湯眞的很容易引起共鳴。那麼，絹枝女士煮的是怎樣的年糕湯？」

「絹枝煮的年糕湯，是以白菜、雞肉、紅蘿蔔爲料，加入沒烤過的圓形年糕，湯底則是以海參高湯與醬油混合的清湯。我問過她，這是絹枝家的味道嗎？」

「聽起來相當美味，跟我們家的作法不同。絹枝女士怎麼回答？」

佳菜子家的年糕湯，是用昆布、柴魚高湯當湯底的白味噌湯，料則放入金時紅蘿蔔、四十日白蘿蔔、初生的芋頭及年糕，吃之前還要撒上柴魚片。

「她只敷衍地說，純粹是喜歡這個味道而已。雖然非常想知道她的出身背景，但她沒有健保卡也沒有駕照，實在無從確認，我才很自然地認爲她有苦衷。」

「沒聽她提過小時候的事嗎？」

「完全沒有。」

「她的朋友有沒有來店裡或家裡找過她？」

「她有滿多朋友，但都是她搬來大阪後認識的。」

「她是從哪裡搬來？」

「岡山。」

壽士的臉皺成一團。

「會不會是在成長的地方發生什麼事？」

佳菜子緊咬嘴唇心想：怎會問這麼笨的問題？我不該問壽士這個問題。

「不管怎麼問，她只說『饒了我吧』。我試著跟她提議再婚，但她相當堅持，表示到這把年紀不想拘泥於形式。」

「就這樣經過二十八年，對吧。」

佳菜子在筆記本上寫下「在不曉得出身地的狀況下，共度二十八年」。

佳菜子暗忖，換成是她，就會想知道澤井的孩童時期是怎麼度過的，年輕的時候熱衷於什麼事物。想知道他喜歡什麼音樂、什麼書、什麼電影，喜歡吃什麼食物。假如不知道對方成長的足跡和歷史，感覺無法和對方一起生活。不是害怕，只是擔心在什麼都不知道的情況下，結局可能會像〈雪女〉或〈鶴的報恩〉的故事一樣，只嘗到短暫的幸福時光，隨即消逝。這麼一來，連找尋對方的線索都沒有。

「妳大概會覺得很奇怪吧。但有一次，絹枝對我說『我是配不上你的女人，如果你不信任我，我會痛苦得渾身欲裂，隨時都可能離開這裡』。你們認爲，我還問得下去嗎？」

壽士的語氣激昂，呼吸急促，右手不停顫抖。

「但赤城先生，這次您允許令嬡委託我們回憶偵探社，調查的結果也可能讓絹枝女士不想回憶的部分浮現，這您可以接受嗎？」

「只要能讓絹枝恢復，怎麼樣都沒關係。況且，我也想在死前知道眞相。」

壽士的手、脖子、頭的擺動幅度愈來愈大，嘴巴開開闔闔。

「赤城先生？」

壽士對佳菜子的呼喚沒反應，眼睛上吊，瞪著天花板。

「我來看看。」眞從椅子上起身，跪在壽士身旁：「失禮了。」

他先量脈搏，把耳朵貼在壽士胸口，接著對佳菜子說：

「按下桌上的緊急按鈕，然後找壽子過來。」

「好。」

佳菜子按下緊急按鈕。就像醫院的呼叫鈴一樣，天花板的擴音器傳來一名女性的聲音：

「請問有什麼事？」

「赤城先生因心悸和氣喘造成心律不整，應該是心房顫動，請轉告醫師準備好抗心律不整藥物再過來。」

眞抬頭對著擴音器說，一邊解開壽士襯衫的鈕扣，並協助他用舒服一點的姿勢躺下。

「知、知道了，馬上去告訴醫師。」

對方不曉得眞是何方神聖，只能這麼回應。

佳菜子打開客廳的門，來到走廊上，由於不曉得壽子他們待在哪個房間，只能大喊壽子的名字。

於是，壽子拉開最裡面那一間的房門，飛奔而出。

「怎麼了嗎？爸爸怎麼了嗎？」

「他的狀況突然惡化，已按下緊急按鈕，並請醫師過來。」

兩人回到客廳時，三名醫護人員衝入玄關。

「爸爸……」

壽子的呼喊聲在客廳中回響。

3

壽士被抬上擔架、進入緊急處理室一個小時後，醫療大樓的醫師神足，請佳菜子與眞進入會議室。

兩人和神足交換名片後，各自入座。

「原來如此，是平井老師的賢孫啊。」

神足似乎認識眞的祖父，他看著眞問：

「你在當偵探？」接著，他的目光落在手中的名片。

「是的，幫別人尋找回憶。」

「還有這樣的工作啊，我從沒聽過。」

神足外表看起來四十五歲左右，實際上或許更老一些。說話的方式給人一種沉穩的感覺。

「很正常，爺爺告訴我之前，我也沒聽過。」眞笑道。

眞一副事不關己的態度，佳菜子十分不以爲然。明明沒多久前，他才表現出自詡爲回憶偵探社一員的樣子。

「所以，你不當醫生了？」

「不，現在的工作是爲了學習理解他人。我爺爺安排的。」

「很像老師的作風，他對任何事都不輕易妥協。所以，你最後還是會回到大學醫院吧？」

「是這麼打算的，跟偵探社的負責人約定待三年。」

「優秀的人才到哪裡大家都搶著要，希望你盡快回來當醫師。」

「就算是客套話，聽了也很開心。」

「不是客套話，多虧你指示醫護人員準備抗心律不整藥物，控制住心因性腦栓塞。下這個判斷不簡單，幫了我很大的忙，得向你道謝。」

「如果判斷爲心室顫動，還要做去顫，我怕來不及，所以就多管閒事了。我常因這樣老是挨偵探社同事的罵。」

眞的視線投向佳菜子。

佳菜子忽略這道視線，詢問神足：

「赤城先生的病況如何？還能說話嗎？」

「現在需要絕對靜養，至於未來，不好判斷，得看這兩、三天的狀況。赤城先生的家人拜託我，告訴你們赤城太太的病情。就身體狀況來說，赤城先生比較不樂觀。」據悉，壽士在這半年身體狀況急速惡化。

「也就是說，應該要多加注意的，反倒是壽士先生。」

眞露出遺憾的表情。

「是的。可是，心情鬱悶對病情沒有幫助，所以我請他在自家休養。畢竟他在醫院也只是待在太太身旁，默默守著她而已。」

壽士拜託壽子，只要時間允許，他想多見見絹枝，於是壽子與壽里常輪流陪壽士前來。

「絹枝女士的狀況如何？」

眞決定與神足談話時，將壽士與絹枝視爲夫婦。

「我身爲醫師有守密義務，但有家屬的許可，我們來看看這張片子吧。」

神足拿著大尺寸筆記型電腦起身，點開圖片，遞給眞。

佳菜子坐在旁邊，畫面看得不是很清楚，但連她也知道，這應該是絹枝大腦的CT斷層掃描的影像。

「左前額葉的血腫很小，對吧？」

神足對看著電腦的眞說。

「雖然很小，但血腫周邊十分靠近語言區，與其說是認知功能下降，不如說是語言障礙，導致病人無法順利傳達自己的想法。」

眞放大畫面，說出自己的診斷。

「這個可能性很大。雖然血腫範圍小，但考慮到是高齡者，不能大意。再加上她跌倒時，頭撞到地板，也可能造成瀰漫性軸索損傷。」

「如果是這種狀況，就無法從片子確認是不是局部性腦損傷。被判斷爲意識障礙的時間多長？」

「就是這一點麻煩啊，約六個小時左右。」

不知爲何，神足露出苦笑。

「六個小時的意識障礙，可能是典型腦震盪，也可能是持續性昏迷，眞難判斷。」

「不過，從之後從病人對刺激或呼喚的反應來看，大腦的損傷程度並不嚴重。」

「原來如此。骨盤的狀態呢？」

「左側髂翼骨折。」

神足與眞的談話內容完全是專業人士等級。兩人暫時交換醫學上的見解，佳菜子只能在一旁默默聆聽。

「這是高齡者跌倒常見的受傷部位。」

眞的視線離開電腦，抬頭說。

「據說是往前撲倒，手來不及撐住。」

「其他的外傷呢？」

「這次的跌倒造成的外傷，包括左肘撞傷、下顎擦傷、假牙造成的口腔內撕裂傷，全是輕傷。這裡有處理後的照片。」

神足從眞手中接過筆電，點開照片再遞給他。

「從下顎到顳骨乳突的擦傷，是衣服的領子或是項鍊之類的裝飾品造成的嗎？」

「不，她沒有戴項鍊，是圍裙。據說，她是穿圍裙在客廳做事。醫護人員接到緊急呼叫立刻趕來時，丈夫已把圍裙脫下。」

壽士向醫護人員說明，他把絹枝的圍裙脫下、鬆開身上衣物後，才按下緊急按鈕。那天，他們一大早就一起喝屠蘇酒。兩人都十分好酒，壽士生病後稍有節制，但恰逢新年，多喝了一些。看到絹枝倒下，壽士以爲她喝醉睡著了。

「丈夫沒看到太太跌倒嗎？」

「他酒醒後就出門了。雖然他現在坐輪椅，但一個月前只有半身麻痺，還能拄著拐杖散步。當天他忘了拿東西，回來一趟才發現躺在地上的太太，直說幸好忘記拿東西。」

「這樣啊。從絹枝女士這張腦部照片來看，就算有輕度的認知障礙，應該也不嚴重。」

眞把電腦畫面切換回斷層掃描圖片，喃喃自語。

「如果成功誘發回憶，就可以順藤摸瓜地把回憶一個一個找回來。這是我們內科醫師說的，其實就是赤城先生的兒子。」

「我知道，由於那位醫師的建議，赤城先生的女兒才來找我們商量。」

「這樣啊。那麼，我們現在就去見太太吧。不過，第一次見面最多二十分鐘。」

「瞭解。」

眞將筆電還給神足，站起身。

佳菜子一句話也沒說，跟在眞後面離開會議室。

絹枝所在的特別房和一樓會議室在同一條走廊，只離三十公尺遠。

神足敲門後，裡面走出一名穿白衣、長得與壽士相似的高大男性。他的名牌上寫著「赤城壽一」。

「接下來就交給你了。」

神足對壽一說完這句話便離開。

「我是赤城壽士的兒子。」

壽一表示，他正在觀察母親的狀況。

眞與壽一打過招呼後，互相交換名片。

佳菜子也急忙拿出名片。在醫院這樣的場所，只要碰見醫師，總是眞在前面應對，佳菜子則顯得膽怯。

她告訴自己「做爲偵探，我是前輩」，低頭道：

「很抱歉，與令尊談話途中卻發生這樣的事，眞不知該說什麼好。」

「不，父親的身體本來就隨時會發生像今天的狀況，請不要在意。」

嗓音低沉穩重的壽一，請眞與佳菜子在折疊椅落座。

「剛才神足醫師交代令尊必須靜養，關於絹枝女士的過去只談到一半，因此，我們希望直接跟她本人交談，不曉得方不方便？」

佳菜子看了看壽一身後，躺在病床上的絹枝。

「我從妹妹那裡聽說了。事態演變至此，我才深切感受到，原來我對絹枝阿姨瞭解這麼少。」

壽一輕嘆。此時傳來敲門聲，走進來的是壽子。她拎著超商提袋。

壽子說明是神足指引她來特別房，接著將罐裝咖啡擺上床邊的小桌子。

「不好意思，只能招待這樣的東西。」

「有勞您費心了，謝謝。」

「父親受您照顧了。」

「不，哪裡，似乎造成你們的困擾了。那麼，我想事不宜遲，現在可以和絹枝女士說話嗎？」

佳菜子起身，把椅子移動到絹枝的枕畔。固定好椅子後，她靜靜坐下。

絹枝的棉被蓋到脖子，背對著佳菜子。不知道絹枝有沒有注意到佳菜子，只見她的目光停留在窗戶上，窗外的樹籬笆隨風搖曳。

「絹枝女士。」

佳菜子小聲呼喚。

沒有反應。

「我叫橘佳菜子，是幫忙尋找回憶的偵探。受到您家人的委託，來到這裡。」

「是我拜託他們的。」

身後的壽子揚聲解釋。

絹枝像是被這個聲音嚇到，縮起肩膀。

佳菜子停頓一下，緩緩說明起現況。

「是這樣的，您過年期間在家裡跌倒，撞到頭和腰，目前在醫院療養。」

佳菜子離開偵探社前，由美交代她，即使對方沒反應也無妨，最重要的是告訴對方各種訊息。

由美形容失去記憶的人醒過來時，感覺就像是漂流到異國一樣，會不停試探周遭的人是否值得信任。

「由於您失去意識，記憶可能變得很模糊。」

絹枝拉棉被發出窸窸窣窣的聲響，但沒有轉過身來看佳菜子。

「幸好傷得不重，醫師說身體的狀況不需要擔心。」

棉被又發出一陣窸窣聲。

「您十分不安吧，但請聽聽我的話。如果您感到不舒服，請把手伸出棉被，我會立刻停止。」

佳菜子靜待片刻，看看絹枝是否伸出手。不知道對方有沒有聽懂她的話。

絹枝沒有動作，佳菜子繼續道：

「那我要開始說了。您的名字是石原絹枝，八十五歲。二十八年來，您與一位叫赤城壽士的男士住在一起。您與赤城先生在梅田車站附近的烏龍麵店『久屋』相遇。您很喜歡吃，吃完定食會再點一碗咖哩烏龍麵。我也喜歡咖哩烏龍麵，但沒辦法像您吃這麼多。現在您似乎沒什麼食欲吧？」

絹枝仍把棉被蓋得緊緊的。

「做出定食和烏龍麵給您吃的人，正是壽士先生。您相當中意壽士先生煮的高湯。」

這時，佳菜子聽到沙沙聲，只見絹枝瘦骨嶙峋的左手出現在臉頰附近。

「很不舒服嗎？好的，那我就此打住。」

佳菜子望向壽一。

壽一在檢查床邊的監測螢幕。

「心跳和血壓稍微上升。」

接著，壽一問絹枝：

「絹枝阿姨，您哪裡不舒服？」

絹枝像烏龜一樣把脖子縮進棉被裡。從棉被露出的手，食指和中指如蝦鬚般顫動。

「絹枝阿姨……」

這樣根本看不出來，壽一焦急地說。

絹枝縮回手。

「赤城先生，沒關係，我跟她約定好了。絹枝女士，我們今天就談到這裡吧。」

佳菜子離開病床，走到壽子身旁，行一禮：

「我會再過來。」

「好的。哥，我送他們回去。」

「不用了，謝謝。請留步。」

佳菜子朝眞看了一眼，示意該離開了。

眞意外老實地聽從佳菜子的指示，兩人一起離開「un endroit雄琴」。

返回京都車站時，已過下午三點。佳菜子雖然不想與眞一起吃飯，但輸給了飢腸轆轆的肚子，還是決定補一頓遲來的午餐。

佳菜子理所當然地走進烏龍麵店，點了一碗咖哩烏龍麵。

「妳的味覺眞是單純。」

「隨便你怎麼說好了，我現在就是想吃這個。」

佳菜子早料到眞一定會吐出挖苦的話，但沒辦法，她突然很想吃咖哩烏龍麵。

「那我也奉陪吧，剛好可以暖暖身子。」

眞蹺起腳，目光落在筆電上。

「絹枝女士似乎聽得懂我的話。」

佳菜子想聽眞從醫師角度提出的見解。

「她用左手表達想法了。看來，她只在妳面前降低警戒心。」

「只在我面前？」

「絹枝女士完全不對家人說話，理都不理。身體僵硬，用棉被把自己裹得緊緊的。久保見太太提過，她唯獨對女性護理師不是這種態度。換句話說，妳獲得與女性護理師同等的信任。」

她對身爲醫師的壽一也表現出抗拒反應，眞補上一句。

「怎會這樣，赤城先生是她的家人啊。」

「可能有兩大原因。」

「哪兩個原因？」

正當佳菜子提問時，服務生送來咖哩烏龍麵。辛香料的香味讓人食指大動。

佳菜子不等肚子咕嚕嚕叫，手先伸向筷子。

「先開動再說。」

呼嚕呼嚕吃著熱騰騰的烏龍麵的這段時間，兩人沉默不語。

咖哩好辣。有點怕辣的佳菜子，擔心無法吃光，但和風湯汁、炸物和九條蔥的搭配實在太美味，最後她連湯汁都喝得一乾二淨。

只是，吃完後臉上突然冒出大量汗水，佳菜子不得不以手搧風。低頭看一下隨身鏡，才知道臉變得紅通通，像剛泡完溫泉一樣。

佳菜子急忙把濕紙巾貼在面頰上，冰冰涼涼十分舒服。

「可以開始說了嗎？」

眞拿手帕擦汗，一邊看著佳菜子問。

「抱歉，麻煩你了。」

佳菜子雙手放在膝上，準備傾聽。

「首先，假設絹枝女士的認知功能，尤其語言中樞是正常的。那麼，造成她現在的狀態有兩種可能。一種是她幾乎忘記過去的人生，連自己是誰都不知道。另一種是她憑著自身的意志拒絕說話。」

眞像是要確認自己說的一字一句，專注地看著佳菜子。

「爲何她要這麼做？」

佳菜子與絹枝的會面時間只有短短幾分鐘，而且都是佳菜子發話，幾乎無法提問。

「剛才我說過，只有在妳面前，她的警戒心才會降低吧。我懷疑絹枝女士在挑選說話的對象。大腦顳葉內側的扁桃體，專門處理有關好惡的情感。假設有天醒來，發現自己躺在不知名的醫院病床上，第一個讓妳卸下心防的會是誰？以性別來說，應該是女性吧。當然，如果是設計商標的大叔，可能就另當別論。」

「你又亂講話，而且我才不會從外表判斷一個人。」

「我知道，要瞭解內在才會喜歡，對吧。」

佳菜子看著一臉正經的眞，不知怎麼無法反駁。

「她一開始大概誰也不相信吧。即使人在醫院，還是可能發生很多狀況。」

佳菜子說，以前在電影中看過，早期的精神科醫院，醫師會用電擊的方式進行治療，導致患者失去情感。

「電痙攣治療吧。其實，對於吃藥沒有效的思覺失調症或憂鬱症的患者，現在仍會使用。」

「眞的假的！」

佳菜子驚呼，不好意思地低下頭。

「不過，經過相當程度的改良，跟以前比安全很多。當然，這是治療的最後手段。」眞說，精神科的電療法是一段充滿黑暗的歷史，以前的人想過各種危險的方法，像是放血、浸水，不停讓病患旋轉，或施打胰島素刻意讓患者血醣降低等。

「吃完烏龍麵好不容易身體暖和起來，現下又覺得背脊發涼。」

佳菜子雙手交抱，摩擦著肩膀。

「所以，即使知道身在醫院，也不會立刻卸下警戒心。但相較起來，絹枝女士應該會希望照顧自己的人最好同是女性。之後，出現可信任的女性護理師，於是透過她，接受了醫師的治療。」

佳菜子似乎明白眞想表達什麼了。發現雙親遭到殺害的佳菜子，受到趕來的警官保護。由於眼前所見的光景太過殘忍，缺乏現實感，一開始她腦袋一片空白，沒有任何感覺。所以，她在描述目擊情況時，說得彷彿是發生在別人身上的事情一樣。

但當她說完，忽然一陣強烈的不安與恐懼襲來。身旁的每個人在她眼中都宛如鬼魅，誰也不能信任。

這時，刑警浩二郎默默替她泡了一杯熱蜂蜜牛奶。雖然這杯牛奶調得太甜，後來由另一名女警重泡一杯，但她確實感受到浩二郎給予的溫暖。回想起來，重泡熱牛奶的女警，及浩二郎沉穩的對待，或許就是解開佳菜子心結，安撫她情緒的關鍵。她的表情，成爲一面如實映照出浩二郎人格的鏡子。

「絹枝女士似乎比較信任神足醫師。」

「我也這麼覺得。對於同是醫師的赤城醫師，她仍表現出不太想溝通的態度。」

「這麼一提，赤城醫師在床邊呼喚時，她的脖子縮了一下。」

「對久保見太太也毫不理睬。在特別房中，她只對妳說的話有反應，會伸出手。」

「可是，那是表示她很不舒服，希望停止吧。我不認爲她接受了我。」

「她遵從妳的指示了吧？證明她完全能理解妳說的話。對兩位親人視若無睹，卻將初次見面的妳的話聽進去了。壽士先生不也表示，絹枝女士對他沒有反應？換句話說，她是用自身的意志區別壽士先生、赤城醫師、久保見太太和妳。」

「分成親人和他人。」

「沒錯，果眞如此，她應該很清楚自己是誰。」

「知道，所以才拒絕？」

「就是這樣。」

「爲什麼？大家明明這麼擔心她。」

「這就不得而知了。或許是跌倒後暫時失去記憶，只有對親人厭惡的記憶甦醒，或交錯著錯誤記憶的恐怖體驗。」

據說，大腦受到衝擊後，可能會竄改記憶，或讓記憶變得混亂。

「或許，在絹枝女士心中，家人變成討厭、可怕的存在。」

眞喝口水，然後小聲地說：

「剩下的就是可能性的問題，雖然不太想這樣推測，但搞不好他們家有不爲人知的一面。」

「不爲人知的……可是，如果家人對絹枝女士做了什麼不好的事，何必特地來找我們，想辦法讓絹枝女士恢復正常？」

畢竟，讓絹枝女士保持目前的狀態，才是隱藏家族祕密的最佳方法。

「設想各種狀況比較好，人是最靠不住的。話說回來，若壽士先生保持絕對靜養的狀態就麻煩了，一點線索也沒有。」

「說的也是，先回偵探社向實相大哥報告吧。」

「那我們回去吧，謝謝招待。」

眞起身離座，快步走出店外。

誰說要請客啊。

我還是無法理解眞。佳菜子深深嘆了一口氣，接著從提包中取出錢包。

4

「不能拿那麼多。」

浩二郎抬頭看著站在辦公桌前的由美。

「不會啦，我是用『回憶偵探社的一之瀨由美』這個身分，和藝人不同。」

「可是，七成的收入都交給公司……我不能收。」

浩二郎請由美坐下，接著道：

「多虧由美的幫忙，我們的委託件數增加不止三倍，對公司的幫助很大。」

雖然由美自謙只是替回憶偵探社做宣傳而已，但從電視、電台節目的通告費，銷售高齡者住家大樓的公司、老人照護保健設施的顧問費用，還有其他的形象代言費的收入，到報紙、雜誌等印刷媒體的專欄、散文等個人性質的稿費，她原本把這些收入的五成都交給公司，現在居然要求提高到七成。

由美不是擔心公司經營不善，相反地，考量到案件愈來愈多，目前最重要的課題反而是留住人才。她深知這一點，於是提議強化人才招募。至於利益分配的變更，則是希望確保資金充裕，這是由美內心眞正的想法。

「戰後，只顧著追求經濟成長，把各種重要的事物扔在一旁，之後才感到後悔，這樣的人一定還有很多。這些後悔像荊棘一樣刺痛著他們的心，提醒他們人生有所缺憾，浩二郎大哥應該最清楚。其實，我認爲九成的收入都給公司也無所謂，反正我有領這邊的薪水。」

見由美一直站著，三千代把自己的滑輪椅推向由美。

「謝謝，不好意思。」

由美對離去的三千代說，然後靜靜坐下，把長髮重新綁好。

「九成，這麼厚臉皮的事情我做不到。那六成如何？即使是六成，我都覺得對由美不公平。」

「我沒有打算調到低於七成。」

眞是奇怪的狀況。如果是要增加分紅還能理解，由美卻堅持著完全相反的主張。

「可以給我一點時間，再做出結論嗎？」

由美一旦提議就不打算退讓的樣子。

「什麼時候？」

「下個月底我會做出結論，四月開始實施，這樣好嗎？」

「好吧，請務必這麼做。這樣我就能放下心中的大石，否則怕你會不讓我做回憶偵探的工作，要我去做人生諮商之類的。這樣也會造成佳菜或平井很大的負擔。」

由美縮起肩膀。

「沒有這回事，妳的工作量是大家的兩倍，我反倒覺得對妳非常抱歉。我也跟三千代這麼說。」

浩二郎望向茶水室，三千代應該在裡面。

「不用說什麼抱歉。我的身體很健康，就這一點我不輸任何人。體力、精力都充沛，有案子儘管分給我沒關係，在時間許可的範圍內，我會盡力做好。」

由美雙手握拳、擺出勝利姿勢時，佳菜子與眞回到偵探社。

「我們回來了。」

佳菜子的話聲有氣無力。

「喔，辛苦了。『雄琴』社區那邊很冷吧。」

浩二郎起身迎接二人。

「絹枝女士還好嗎？」

一旁的由美把掛大衣的衣架遞給二人。

「謝謝。我們話問到一半，赤城壽士先生的身體就出狀況。」

佳菜子低頭回答。

「壽士先生？那麼，他不要緊嗎？」

「現在必須絕對靜養，這點就由平井說明吧。」

佳菜子望向坐在沙發上喝罐裝咖啡的眞。

大概是察覺浩二郎、佳菜子及由美的視線，眞把咖啡放在桌上，拔下耳機。他似乎正在用手機聽音樂。

「這是久保見太太給我們的，要是沒喝感覺不太好。呃，怎麼了嗎？」

眞看著佳菜子。

「我在報告赤城先生身體狀況變差的事。」

佳菜子大聲地說。

「喔，是心房顫動引起的心律不整，心臟的功能似乎大幅降低。發作起來可能會造成腦梗塞，以後問話的時候得更加小心，避免讓他心情起伏太劇烈。」

「關於絹枝女士的情報，瞭解到什麼程度？」

浩二郎詢問佳菜子。

「壽士先生開串燒店的時候，絹枝女士負責雞肉的進貨。供應商是岡山縣的養雞場，經營者是她前任伴侶的弟弟。」

「前任伴侶？」由美問。

「沒錯，絹枝女士似乎沒和那名男士結婚。壽士先生得知後，受到的打擊有點大，沒想到絹枝女士除了他之外，還曾和沒有婚姻關係的男士同居。絹枝女士似乎有無法選擇結婚的過去，而她並不想告訴任何人。」

「換句話說，她和那個男人同居前，就發生了讓她無法結婚的事情。」

由美替佳菜子準備椅子，微笑道：

「不要一直站著，坐下吧。」

「不好意思……」

浩二郎的辦公桌前有兩張椅子，佳菜子和由美以圍成一圈的方式入座，而貞則是坐在這個圓圈之外自己的辦公桌。

看來，團隊要上下一心仍需要一點時間。

「我腦中第一個浮現的想法就是，絹枝女士可能是遭受家暴之類的，不得不逃離原來的環境。」

不管有沒有結婚，很遺憾地，選擇逃離男性暴力魔掌的女性，在日本不算少數。浩二郎在當刑警的時候，處理過的五、六件殺人未遂和傷害案件都屬於這一類。即使女人把自己藏得很好，男人依然會透過各種手段查明她的躲藏處。一想到留下任何微小的足跡都可能帶來性命危險，受害者通常會選擇維持淡薄的人際關係。

「聽說，她沒有申請住民票（註），也沒有駕照，很可能是爲了躲避某個人。」

佳菜子皺眉說。

註：日本戶籍制度是戶口隨人走，日本國民每搬遷到新的地方都要向當地政府申請住民票，才能辦理健保、年金、銀行開戶、申請福利、接受義務教育等業務。

「連住民票都沒有申請啊……。」

浩二郎思忖片刻，轉頭看眞。

「平井，假使受到虐待，絹枝女士的身體或許會留下某些傷痕。關於這一點，你有沒有從主治醫師那裡打聽到什麼？」

「沒有談到這點。應該說，絹枝女士恐怕不會想讓人觀察身體，即使有所發現，神足醫師也不會告訴我。他提到這次的談話內容，只限定在跌倒時產生的外傷。」

「又是守密義務這道門檻。」

在醫學的領域中，醫師就不用說了，護理師、藥劑師、照服員等，都不能洩漏從職業上獲得的個人情報。

「沒錯，在重視個資保護的時代，這眞是難以解決的問題。」

從眞的語氣聽不出嚴重性。

「爲什麼不直接問絹枝女士的親人？」

「赤城壽士先生身爲伴侶可能知道，但他目前沒辦法講話。」

「赤城醫師可能掌握一些訊息，能否請他暫時忘記醫師的立場？」

「你是指，直接問赤城醫師，絹枝女士身上是否有遭到虐待的痕跡？」

「你可以藉著身爲醫師的立場關切。她身上的傷痕是新的還是舊的，會影響我們的應對方式。」

「什麼意思?」

「你還不懂嗎?」

由美提高音量接著說:

「家暴可能是現在進行式。」

「現在進行式?誰對她家暴?」

「當然是住在一起的人啊。」

「不可能吧。如果眞的有這樣的事,他們又何必委託我們幫她找回過去的記憶。」

眞露出「這人在說什麼蠢話」的表情,一邊嗤笑一邊看著由美。

「這不是我剛才……」

佳菜子想起什麼似的對眞說。

「對對對,橘學姊剛才和我說過一樣的話。」

眞打斷佳菜子的發言。

佳菜子瞪著眞。

「你還不懂嗎?這是爲了道義。」

由美似乎察覺兩人之間凝重的氣氛,對眞拋出一句。

「道義?」

「外面的人一定想不到,絹枝女士現在的家人會虐待她。這是爲了讓赤城醫師違反守密義務的大義之舉。這個結論可能下得太快，但絹枝女士會跌倒受傷，搞不好就是遭到壽士先生的暴力對待。」

「這太離譜了吧。」

「一點也不離譜，這是爲了確認絹枝女士的身體有無傷痕。當然，赤城醫生一定會反駁。可是，我們的主張是，絹枝女士隱匿蹤跡最大的動機，就是過去遭到虐待的緣故。假如她身上有舊傷，會是很大的線索。最大的關鍵在於，傷痕是否在二十八年前留下。若壽士先生堅稱絕對沒有施暴，舊傷會成爲搜尋過去的線索。赤城醫師爲了證明父親的清白，就得吐出舊傷的情報。浩二郎大哥，我這麼說沒錯吧？」

由美轉頭看浩二郎。

「嗯，沒錯。平井，你能幫忙詢問赤城醫師嗎？」

「只是，不曉得有沒有辦法像一之瀨前輩說的那麼順利。」

「那就麻煩你了。要盡快，打電話就行。」

浩二郎趕在由美指責前，對眞做出指示。

他望向由美，果然由美噘起嘴，雙手交抱胸前。

「那我馬上打電話問看看。」

眞拿起自己的手機。

「接通後，請切換成擴音模式。」

浩二郎提醒道。

眞點點頭，取出赤城的名片，撥打電話。

「我是回憶偵探社的平井，想跟你確認一件事，現在方便說話嗎？」

「可以，沒問題。」

眞切換成擴音模式，一放在自己桌上，手機就傳出壽一的話聲。

聽著對方低沉穩重的嗓音，浩二郎眼前浮現一位能帶給患者安心感的醫師。

「我們這裡有人提出一個看法，絹枝女士不願對令尊透露過去，會不會是想要躲避某人？」

「躲避某人？」

「這只是想像而已，比如遭到家暴之類的。」

「你的意思是，她故意隱瞞自己的過往。」

「是的。保險起見，她下定決心不告訴任何人。如果是這樣，絹枝女士的身體或許會留下遭到暴力對待的痕跡。」

眞面向浩二郎，露出「這麼說可行嗎？」的表情。

浩二郎無聲點頭，示意繼續下去。

「假如絹枝女士身上眞的有傷，想請你確認一下那些傷痕變化的時間。根據結果的不同，我們處理的方式也會不同。」

「這話是什麼意思？」

壽一的語氣變得有些嚴肅。

「啊，就是，那個……是新的還是舊的……」

眞開始晃動身體，語無倫次，狀況不太妙。

「換我來吧。」

浩二郎說完，湊近放在桌上的手機：

「很抱歉，突然接過電話。我是偵探社的負責人實相。」

「謝謝你們這次的幫忙。」

「關於絹枝女士的傷痕，假使她的傷痕是新傷，雖然很難啓齒，但令尊就有嫌疑了。如果是這種情況，便超出我們回憶偵探社的工作範圍。我這麼說，您能理解嗎？」

「原來如此……」

壽一陷入沉默，話筒傳來對方周遭的聲音，似乎有其他人出現。不久，壽一問：

「我可以待會再打給你嗎？」

「當然，我等你回電。」

浩二郎結束通話。

「赤城醫師應該看到了某些傷痕。」

浩二郎說出自己的感想。見眞低頭盯著桌子，他認爲眞最近無論面對什麼人，溝通能力都變強了。要他在大家面前打電話，或許帶給他不小的壓力。

「如果有遭受暴力的痕跡就麻煩了。」

由美露出悲傷的眼神，看著浩二郎。

她的前夫是個酒鬼。連由美這麼堅強的女性，有時也會受創傷經驗重現（flashback）所苦。回憶就像一把雙面刃。

「妳的意思是，想不起來反倒幸福嗎？」

「沒錯，或許維持喪失記憶的狀態，對她來說……」

「如果認知功能沒問題，即使想起她也不願說出口吧。這件案子很可能解決不了。畢竟傷口好不容易靠時間癒合，現在又要把傷口挖大。總之，先確認是怎樣的傷口，再決定如何進行談話。」

浩二郎轉向眞，關切道：

「平井，你沒事吧？」

「沒事，抱歉。待會赤城醫師打來，就讓我……」

「不用勉強沒關係。」

由美打斷眞的話，一臉憂心地看著浩二郎。

「不，交給平井吧。」

浩二郎不是對著眞，而是對著由美點頭。

過了二十分鐘左右，眞的手機來電答鈴——韋瓦第的協奏曲《冬》響徹事務所。

浩二郎說，這次不用擴音。

浩二郎要眞在白板前，向大家報告從壽一那裡聽取的情報。

「沒有辦法判斷是否爲家暴留下的傷痕。」

眞在白板上畫出人體圖。

「畫得眞好。」

佳菜子原本以爲眞只會畫個草圖，沒想到他居然畫出相當精準的人體圖。

「兩邊的膝蓋骨周圍，都有相當久以前留下的胼胝。」

「便隻？」

「佳菜，就是長繭啦。平井，現下不是在開病例檢討會。」

佳菜子不禁提高語調。

由美要求平井用平易近人的方式說明。

「這個繭的大小，長九公分、寬四公分，爲什麼會長這麼大，赤城醫師也想不通。在脛骨的部分，有疲勞性骨折的症狀。」

「問題在於，這個傷多久了？」

「依赤城醫師的看法，大概是骨折導致骨頭出現裂縫，又長時間置之不理，於是有些變形，並持續擴大。由此回推，大約是十多歲的時候骨折的。」

「這麼久以前，是不是受罰造成的？像是長時間跪坐之類的。」

總不可能是受到抱石頭跪坐的虐刑吧。

「不僅如此，她的整個背部一直到臀部，雖然傷口都不大，但有數十處摩擦性的灼傷。」

「聽起來很嚴重，簡直像發生交通事故。」

浩二郎在當刑警前，還在派出所值勤的時候，曾目睹幾名遭遇交通事故、身體和柏油路面磨擦的受害者。雖然只受到擦傷，但因摩擦灼傷的皮膚，看起來慘不忍睹。

「這超過虐待的程度了吧？」

「一之瀨前輩，妳對我生氣也沒用啊。」

眞縮起身子。

「抱歉、抱歉，不小心激動起來。不過，這未免太嚴重。」

「其他……」

「還有其他傷痕？」

由美的眼神彷彿在責備眞。

「半月骨遭到擠壓，造成腕骨位置異常。」

「我們手腕正中間有一小塊骨頭，就叫半月骨。」

由美起身，指著自己的手腕中央。

「這裡是由八塊小骨頭組成，周圍有軟骨包覆，血流若不通暢，很容易壞死。原因尚未明瞭，但發生在年輕人身上，很可能是使用過度。只是，高齡者就算沒有使用過度也會受傷。平井，是這樣沒錯吧？」

由美徵求眞的同意。

「是這樣沒錯啦……」

「什麼『沒錯啦』，爲何回答得這麼曖昧？」

「聽說，她雙手都有受到擠壓的跡象。」

「那原因就不是年紀，而是使用過度。」

「大概是握菜刀、抬鍋子，還有裝盤等造成的吧。」

「那麼，這些傷是『鳥大將』開店後才出現的嗎？」

「不，也不能這麼說。醫師認爲，從骨頭變形後又固定的狀態來看，應該放置相當久的歲月了。移動可能會痛，但只要固定住，做菜大概沒問題。」

「這表示，傷痕或許是絹枝女士遇見壽士先生前留下的，對嗎？」

浩二郎向眞確認。只要釐清這一點，壽士的心情想必會輕鬆一些。

「正確的狀況不知道，但醫師的判斷是這樣。報告完畢。」

眞急忙回到自己的座位。

「辛苦了。」

浩二郎慰勞眞的辛苦後，移動到白板前方，接著說：

「身體有這麼多傷痕，表示絹枝女士的遭遇非比尋常。很可能不是遭到暴力，就是遇上重大事故。絹枝女士逃出這個劫難……不，直到現在她應該仍努力想逃離這個記憶。只是，我們不瞭解絹枝女士眞正的想法。假如她是失智症發作，找不回過去的記憶，眼前所見等於都是陌生的場所與人。」

「也就是說，她無法區分認識與不認識的人。」

佳菜子出聲。

「另一種情況是，她的認知功能沒問題，記憶早已回復，只是她不只想逃離過去，也想逃離包括壽士先生在內的家人，這樣我們的推理就成立了。」

「在絹枝女士倒下前，大家的感情似乎都很好。久保見太太看起來是眞的擔心絹枝女士，聽她講述赤城先生和絹枝女士的事時，也感覺到他們十分恩愛。」

「到底絹枝女士是哪一種情況？」

「浩二郎大哥，我認爲絹枝女士是失去記憶，陷入混亂狀態。」

由美站起身。

「混亂狀態嗎？我不否定，但我更在意的是絹枝女士面對赤城醫師的態度。」

如果絹枝女士陷入混亂、失去判斷力，面對同是穿白衣的醫師，應該會出現一樣的反應，不是嗎？面對主治醫師神足與壽士的兒子壽一，卻表現出不同的態度，實在奇怪。

「你的意思是，她的內心有一個判斷基準。」

「嗯，只是會面的時間太短，需要後續的觀察。還有，從與壽士先生的談話中，我們得到幾個可用來瞭解絹枝女士過去的線索。」

「岡山的養雞場。」

佳菜子立刻回答。

「循著這條線索，應該能找到她的前任伴侶問話。對方的弟弟是『鳥大將』雞肉的供應商，兩人想必會保持聯絡。」

「我馬上去問久保見太太供應商的電話和地址。」

「取得地址後，妳能立刻前往岡山進行調查嗎？」

「這樣的話，我也要一起去。」

「由美？妳可以嗎？」

浩二郎知道由美的行程表上，幾乎沒有留白。

「我看到這個傷痕就一肚子火。」

由美盯著白板回答。

「對絹枝女士做這麼過分的事，這傢伙不是人吧，眞是不可原諒。我要親眼確認，對方到底是怎樣的人？」

由美緊握雙拳，全身緊繃。

「我能理解由美的心情，但我們的目的不是搜查凶手。」

「我知道，可是……我擁有分辨爛男人的能力。不管對方再怎麼隱瞞，我都有自信看穿。」

由美補充，這是基於自身的經驗及當護理師培養出的看人眼光。

相較之下，佳菜子的經驗值不夠，眞大概也不具備足夠的敏銳度可以分辨對方是否爲施暴者。

「好吧，這次的出差就拜託由美與佳菜。但別把全部的精力放在這件案子上，其他的案子也需要大家幫忙。」

偵探社目前還有〈小販的竹陀螺〉、〈幫助母親的實習醫生〉、〈亞麻色頭髮的女性〉等案件尚未解決。每一起案件的解決期限不同，不一定按照接案順序調查。有效率地安排成員調查不同事物，才能順利處理完這些案件。管理調查行程表的，就是浩二郎的妻子三千代。

七年前失去就讀高中的兒子浩志後，三千代染上酒癮，搞壞了肝臟。

浩志在琵琶湖被人發現時，已成溺水的屍體，警方認定是跳水自殺。憾事發生不久前，他的朋友曾遭受暴力。警方判斷，浩志是自責無法阻止而投身琵琶湖。

浩志生前留下一段文字：「我需要堅強的心靈。遭遇困難，寧大勿小。遭遇艱難，寧深勿淺。」

浩志喜歡閱讀，這很像是他會寫的文章，浩二郎和三千代從中完全感覺不出悲觀消極的態度。

浩二郎在當刑警的時候，爲了調查浩志死亡的眞相四處奔走，不在家的期間，三千代不斷自責身爲母親卻沒察覺兒子的變化。痛苦掙扎的三千代只能藉酒消愁，但浩二郎沒注意到妻子的異狀。最後，他辭去刑警的工作。

三千代戒酒約莫四年。可是，這不代表她的成癮症狀已治癒，只要沾到一滴酒，就會打回原形。至今，三千代與浩二郎仍與這種恐懼的心情搏鬥。

浩二郎將自家兼當事務所使用，並把行程交給三千代管理，都是爲了能就近照顧三千代。若在事務所一起工作，不僅員工能幫忙看顧，也能維繫三千代與社會的連結度。

如今三千代既沒有碰酒，精神狀況也很穩定。

「明天的行程排得進去嗎？」

浩二郎詢問坐在隔壁桌的三千代。

「這個嘛，如果只有明天一天，還有辦法調整。」

三千代確認電腦畫面上的行程表後，轉頭對由美微笑。有段時間剪得很短的頭髮，已留到肩膀的長度，和當初結婚時的髮型相似。浩二郎的警界前輩茶川認爲，這表示她愈來愈放得下了。茶川擔任京都科學搜查研究所的所長，退休後開了一間研發奇妙食品的公司。說是公司，其實只有研究員兼社長的茶川一人，在京都車站附近大樓的一個小房間，日以繼夜地做著研究。

即使如此，曾解決許多案件的茶川，鑑識眼光依然銳利，給予浩二郎莫大的幫助。身爲科學顧問的他，廣義上也算是偵探社的一員。

「那麼，請一定要派我去。」

「去這一趟不是一天就能解決的，妳確定嗎？」

「其他案子我會想辦法調整。」

由美對浩二郎雙手合十。

「好吧、好吧。」

浩二郎答應由美後，小聲拜託三千代安排一下。

「不過，記得要跟由眞解釋清楚。妳這陣子都很晚回家，由眞想必十分寂寞吧。」

「由眞似乎進入叛逆期了。我拜託老媽……不，是母親照顧，但這孩子一點都不聽話。」

由美露出打心底感到困擾的表情。對從不示弱的她來說，實在少見。

「她隨時都能來玩啊，三千代會很高興。」

由眞和三千代頗合得來。

「對耶，如果三千代姊不覺得麻煩，我會非常感激，畢竟連我母親都不知道怎麼和她相處。」

「我大大歡迎，搞不好和家人以外的人相處，反而會比較老實。」

「那麼，我就囑咐她放學後來這裡，謝謝妳。」

由美又雙手合十，這是她的習慣動作。

「我再重新整理一下各人分配到的工作與行程表，傍晚向大家報告。佳菜，妳來決定案名。」

佳菜子點頭應聲「好」。

「那個……我明天想再替絹枝女士看診，不，是去拜訪她，可以嗎？」

眞開口發言。

「沒問題，時間由我決定好嗎？」

「喔。」

眞含糊地回答，眼神卻十分篤定，似乎有什麼好辦法。

5

佳菜子從壽子那裡得知雞肉供應商的地址與電話。壽子問，爲什麼會跟供應商有關？

佳菜子回答，壽士提到當初爲了維持雞肉的貨源，曾透過絹枝的朋友居中協調，她想試著聯繫那名友人，至於前任伴侶這件事她暫且隱瞞。佳菜子判斷，在獲得壽士的允許前，最好還是不要說出眞相。

岡山縣淺口市鴨方町的「三宅養雞場」（三宅公司）的經營者三宅達男，是第二代接班人。絹枝等人開設「鳥大將」的二十八年前，是由達男的父親良藏擔任社長。

超過八十歲的良藏已退休，過著隱居生活。佳菜子告訴達男，「鳥大將」的老闆娘身體狀況不好，要替她尋找親戚，希望能和熟知「鳥大將」草創始末的前任社長談談。

良藏說，若是下午三點應該可以。雖然不太情願，他仍安排雙方會面。

由美估計，騎她的「KATANA」從京都到岡山縣，即使不走付費道路，四個小時左右就能抵達。

機車可以避開塞車的狀況，機動性較高，扣除掉寒冷這一點，確實是最適合進行搜索的交通工具。

考慮到途中的休息與吃飯時間，由美和佳菜子早上八點從事務所出發。

幾個月沒像這樣，從後面抱著穿黑色連身皮衣的由美了？由美的身材沒變，依舊玲瓏有致。

佳菜子回想，第一次坐由美的機車時，受重機的引擎聲和強大的馬力震懾，感覺連身體的細胞都在震動。她記得當下奔馳的爽快感大過恐懼。連由美左腳的腳背每換一次檔，車體就會傳出的金屬聲響，佳菜子也不感到厭惡。

機車從烏丸大道南下，到橫越市區的五條大道後右轉，直接朝西行駛國道九號線。爬坡後經過蜿蜒的山路，直奔龜岡。

從加塚的十字路口，轉入國道三七二號線，一路向兵庫縣的姬路前進。

「會不會冷？」

等紅綠燈的時候，由美掀開全罩安全帽的面罩，轉頭問。

「幸好穿著羽絨衣，目前不要緊，謝謝。」

佳菜子也打開面罩回答。

「要不要上廁所，休息一下？」

「沒關係，還不用。」

「OK，那我們到姬路再休息。」

又經過兩個小時的奔馳，兩人抵達姬路市的市區。還沒到早上十一點，兩人決定提前吃午餐，於是選了一家和食餐廳走進去。

由於身體仍感到寒冷，兩人都決定點鍋燒烏龍麵。

「路面顛簸很不舒服吧，妳還好嗎？」

由美捧著熱氣裊裊升起的茶杯啜飲。

「不會，很舒適。」

「騎付費道路能提早三十分鐘到達，但我不喜歡。」

「雙載也能上快速道路嗎？」

「平成十七年（二〇〇五年）後有條件地開放，除了首都高速公路之外都可以。但若不是特別趕時間，我不會騎快速道路，沿路風景長得都一樣我不喜歡，加上大卡車開很快時會有風壓，相當危險。」

「由美姊的車這麼大台也是嗎？」

「兩邊速度都很快，只要稍微失去平衡就完蛋了。」

由美臉色沉重地說，她的一個朋友就是死在名神高速公路上。

「我還不能死啊，況且，今天是載最寶貝的佳菜上路，一定要比平常更小心駕駛才行。」

「其實，剛才騎得挺快的。」

聽到佳菜子這句話，由美露出笑容。

店員端來鍋燒烏龍麵，兩人拿起筷子。味道雖然普通，但熱騰騰的烏龍麵本身就是最棒的佳肴。

佳菜子吃到一半，由美突然開口：

「對了，佳菜，關於絹枝女士……」

「怎麼了嗎？」

「即使她想逃離過去，但赤城先生是她的丈夫，久保見太太是她的女兒，這一點不會改變，我認為他們已是一家人。就算她再想逃離過去，但逃離這些人怎麼想都沒道理。我覺得她是想把七零八落的記憶歸位。」

「把記憶歸位？」

「對，頭部遭到撞擊，腦中原本井然有序的記憶暫時被打散，於是想把它們全部歸位。我也不知道該怎麼說，就像某天我想煮咖哩，於是去超市買材料。可是，我在途中忘了要做什麼菜，絞盡腦汁回想。是馬鈴薯燉肉、大阪燒，還是鍋燒烏龍麵？仔細思考，絕對不可能是鍋燒烏龍麵，於是先消除這個選項。絹枝女士也一樣，正處在找尋自己最重要的關頭。」

不知道自己是誰，就無法瞭解自己的人際關係。由美捏起烏龍麵中的炸蝦，放入口中。

「妳的意思是，她在篩選認識的人和不認識的人？」

「沒錯。重點在於，我認為瞭解這個關鍵後，不管她是暫時性健忘或罹患失智症，症狀都有機會獲得改善。因此，我有一個提案。」

由美解釋，在向大家發表前，想先跟案件的負責人，也就是佳菜子商量。接著，由美從腰包拿出小記事本。

「這是我們節目的贊助商，他們在做很有意思的研究。」

佳菜子接過名片。

上面寫著「Pasonal Asia研究所　所長宮前響子」。

Pasonal是人盡皆知的電機大廠，一看就知道這是該集團開設的公司之一。

「妳看背面。」

「發揮音樂的可能性於醫療。」

佳菜子讀出寫在名片背面的文字。

佳菜子聽過音樂療法，但不知道居然有電機大廠在進行研究。

「這就是該研究所接下來打算推出的產品。」

由美從胸前口袋拿出一台大小類似小尺寸的智慧型手機、長得像iPod的終端裝置，避開陶鍋遞給佳菜子，上面還插著耳機。

「是音樂播放器嗎？」

「聽聽看。」

由美做出塞耳機的動作一邊說。

佳菜子戴上耳機，打開裝置的電源。畫面顯示「二〇一一年」，出現往上翻捲的箭頭，應該是回溯西曆的功能吧。

「佳菜西元幾年出生？」

「一九八二年……啊！」

「怎麼了嗎？」

「沒有啦，只是忽然驚覺自己三十歲了。抱歉，直接點擊畫面就可以了嗎？」

佳菜子食指輕觸顯示器上的文字，隨即出現該年度的歌曲一覽表。

「這些都是在佳菜出生那一年發售或流行的曲子。」

「幾乎都沒聽過。這也難怪，那時我才剛出生。」

「接下來，往後面的年代推進，找找有沒有小時候、青春期、初戀時聽的歌曲。只是，有些曲子流行的時間很長，或剛好是祖父母、雙親愛聽的曲子，最好還是從零歲找起。」

「原來如此。對耶，我上國中的時候看到美空雲雀在電視上唱〈東京Kid〉，很自然就會跟著哼唱，但我明明沒聽過這首曲子。」

「這是戰後沒多久發行的歌曲，佳菜不知道很正常。不過，名曲就是這樣，代代相傳，歷久彌新。如何，有沒有找到妳回憶中的曲子？」

佳菜子小學六年級的時候，全家去丹後由良的海邊。在那裡，她認識一個同齡的女孩，開心地玩在一起。

兩人游完泳，在沙灘上休息聊天，不知怎麼談到喜歡的男孩。佳菜子表白喜歡學校一個連朋友都稱不上的男孩。當時，海邊小屋的擴音器恰巧在播放電影《青春傳奇》的主題曲〈La Bamba〉。

佳菜子根本沒看過這部電影，當時也不知道曲名。但之後每次聽到這首歌，腦海就會鮮明地浮現那個女孩的臉龐，及話題中男孩的長相，胸口莫名地熱起來，臉頰也變得紅通通。

「由美姊，裡面也有西洋樂曲嗎？」

「我怕歌手的人名放在一起會很混亂，西洋歌曲只收器樂演奏的版本，應該已歸入日本流行歌曲年代的分類。如果知道曲名，可以用曲名搜尋。」

佳菜子搜尋後，裝置螢幕上出現〈La Bamba〉的曲名。輕點螢幕，耳機傳來輕快的音樂。

雖然與海邊擴音器傳出的嘶啞音質不同，但確實是當時聽到的曲子。樂聲清晰地鼓動著佳菜子的耳膜。

轉眼間，海潮的香味、瑛子……沒錯，那個女孩叫宇山瑛子，她晒黑的臉龐，和像人魚般的黑色長髮在記憶中復甦。

「聽到回憶中的歌曲，整副意識彷彿也會回到當時。」

「嗯？啊，妳感受得出來？」

「我最喜歡看沉浸在回憶中的人們。一瞬間，表情就會改變，大部分的人都會顯得更年輕。我總是在想，『心』這種東西實在不可思議，說不定擁有最強大的抗老化效果。」

佳菜子回想著海灘上的瑛子與漂浮在湛藍天空中的白雲，一邊傾聽由美的話。現實與回憶共存，音樂居然能引發如此奇妙的感受。

「真的很不可思議。」

「對吧。有些人發現音樂有這樣的可能性後，想出一個點子：何不運用在恢復認知功能上？」

「這樣做就能恢復了嗎？」

佳菜子停止音樂，拔下耳機，把播放器還給由美。

她曾在報紙上看到，以現今的醫學技術，一旦罹患失智症，只能減緩病程，無法恢復。

「像是大腦神經細胞再生或是認知功能的變化等，這類醫學性的證據尚未取得。簡單來說，就是尚未獲得學術上的認證，但據說有很多實證。」

「意思是，有很多恢復的案例嗎？」

「沒錯，而且是非常強烈的效果。當然，這樣的說法容易讓人起疑。具體的例子，包括罹患末期阿茲海默症、臥病在床的老婆婆，突然變得可以下床上廁所，或是經常抗拒規定、總是在晚上獨自徘徊的老爺爺，突然變得遵守規矩不再亂走等。甚至，還有陷入憂鬱狀態、失去表情的年輕型失智症患者，變得敢上台唱歌跳舞。」

「變化的關鍵在於那個播放器和音樂嗎？」

「對，只播放他們回憶中的歌曲，不會產生痛苦或不適。」

「真的沒有進行其他的治療嗎？」

「完全沒有。不過，光是把音樂與患者的回憶或生命中的美好插曲做連結，效果並不明顯。最有效果的是，患者在人生最輝煌的時候聽過或唱過的曲子。他們將這樣的曲子定義為『personal song』。」

「最輝煌的時候聽的曲子，就是personal song……」

「當然，不一定是流行歌曲，即使很少人聽過，也可能成為自己的主題曲。」

「所以才稱為personal song啊。然後，請患者聽這首歌就會有效果？」

佳菜子半信半疑地問。

「很難相信吧？直到他們給我看影片前，我也是露出像妳現在的表情，看著宮前社長。」

由美說，宮前給她看的影片，收錄了從找出personal song，到患者聽前與聽後的變化過程。五十名患者裡，三十四名獲得改善，其中更有七名患者產生戲劇性的效果。

「效果眞的這麼好？」

若是如此，醫學界應該不會視而不見。

「這得說明一下。佳菜，我之前當過護理師，比一般人瞭解失智症是怎樣的疾病。我知道有許多研究者、醫師日以繼夜地努力，想找出治療失智症的方法。過去大家常說，日本人的三大死因為癌症、心臟病、腦中風，但現今患有肺炎的人數大量增加，已擠下腦中風。失智症並未列在其中，對吧？然而，一旦罹患失智症，許多部位的運動功能會下降，導致吞嚥障礙，也就是進食困難。很多時候患者以爲只是咳嗽，去檢查才知道罹患肺炎。再加上，失智症患者往往同時有心臟疾病或其他合併症，容易併發心肌梗塞和腦梗塞。有醫師認爲，失智症也算是一種致命的疾病，我贊成他的意見。」

一口氣說完這些話的由美，表情儼然就是現任的護理師。

「失智症好像通常不會被當成死因？」

「依今年的數據，日本的失智症患者約有四百四十萬人。至於癌症患者，我記得大概是一百五十萬人。兩者相比就知道，失智症是更嚴重的問題。負責照護的家人，常常爲患者的妄想、徘徊遊走、暴言、暴行等周邊症狀所苦。目前既然並無有效的藥物，我覺得什麼方法都值得一試。所以，一聽到有這樣的例子，我當然不會放過，於是請對方播放影像資料，親自用最嚴格的標準檢視整個過程。」

「結果如何？」

見由美說得滔滔不絕，佳菜子心知由美認同這種療法有一定的效果，但仍刻意詢問。

「佳菜從表情判讀對方內心想法的眼光愈來愈銳利了。沒錯，如妳推測的，看完影片後我依舊半信半疑，並未完全相信宮前所長。不過，我認爲以絹枝女士的情況，這個方法值得一試。失智症也好，失去記憶也罷，音樂都是一種良好的刺激，而且和藥物不同，沒有副作用。」

「既然如此，由美姊爲何不在開會時提出這個想法？」

聽過由美剛才說明的內容，浩二郎應該不會反對。

「我不想聽到平井那傢伙質疑：『證據呢？』既然相信有效果，就應該排除萬難去做。如果佳菜贊成，我打算跟浩二郎大哥說。」

「所以，妳今天才陪我來嗎？」

「不完全是這樣。」

由美垂下目光。

「還有其他原因？」

「我想去姬路市內的某家醫院，探望住院的同學。只要一下就好。」

「不要說什麼一下，妳直接送我到車站就好。」

「不，我只是想見她一面。」

由美口中的高中時期的女性友人，嫁給在姬路市內開家具行的老闆，生了兩個小孩，過著幸福的生活。但兩個星期前，一名高齡女士開車撞進他們店內，顧店的她無端捲入這場飛來橫禍。

「她被夾在家具之間，雖然聽說治療順利，我還是很擔心。昨天得知需要去岡山一趟，我第一個念頭就想到可以騎車載妳，順便經過姬路。」

「原來是這樣啊。」

「要妳配合我的私人行程，實在不好意思。」

由美雙手合十，閉起眼。

「小事一樁，不必在意。但聽了眞讓人有點擔心。」

「她的興趣是做木工，後來認識當家具工匠的丈夫。希望她手部的神經沒有大礙。」

「話說回來，高齡駕駛引發的事故愈來愈多了。」

「眞的，當事人一定也受到相當程度的驚嚇。車子最好配備自動緊急煞車系統以減少衝擊，不過這並不是萬能的。」

「人到了一定的年紀，仍得仰賴機器輔助。」

「對了，關於personal song的提議，如果佳菜贊成，我可以去找宮前所長商量。」

「當然，我覺得很值得一試。」

離開餐廳不到十分鐘，由美載著佳菜子的機車，已停在市區綜合醫院的停車場。

結束三十分鐘左右的探病後，由美立刻催緊油門朝岡山前進。

由美的擔心成眞，友人的頸椎受到的衝擊太大，導致慣用手麻痹。

她面帶笑容歡迎由美，並笑說麻痺會隨著時間慢慢痊癒，但眼下手指無法像之前一樣運用自如。這是她的丈夫從主治醫師那裡聽到的診斷結果。

離開醫院後，由美一直沒開口。

佳菜子雙臂環抱由美的腰，感覺由美的腹肌似乎變得很沒力。是錯覺嗎？或者，是由美的心情反映在她的身上？佳菜子不確定。無論如何，人確實十分容易受到「心」的影響。

人心會因外在環境，產生令人眼花撩亂的變化。光是刺骨的寒風，就讓佳菜子想起上小學時在溜冰場跌倒及手肘著地的痛苦。機車過彎之際，和由美的身體一起傾斜的一體感相當舒服，她不禁回想起第一次搭雲霄飛車，身旁的父親對她的呵護，使她的心頭暖和起來。就像現在，這個不停流轉變化的「心」到底是什麼？說穿了，記憶就是「心」的集合體，形塑出那人當下的心情樣貌。或許音樂和標籤一樣，能標記當下的心情。所以，音樂一響起，回憶就會把人帶回當時的場景。

佳菜子聽到〈La Bamba〉的瞬間，從景色、對話到海風的香味，甚至是大海的鹹味，都一一鮮明地浮現。

這就是音樂的力量，personal song嗎？

從姬路一直沿著國道二號線騎車前進，途中進入一條與國道名稱不符的狹長道路。多虧由美穩定地鑽過車輛之間，兩人順利通過幾個有些塞車的路段。

不過，不習慣坐機車的佳菜子，覺得屁股漸漸痛了起來。正當佳菜子想開口要求休息時，由美突然減速。

「導航顯示，順著這條上坡路，往裡面走就是養雞場。」

接著，她轉進右邊的路，在平緩的上坡加速前行。

機車奮力爬坡，左方突然出現一塊大看板寫著「麝香葡萄雞肉．三宅養雞場」。

距離約定的時間還有十分鐘。

經過看板，往裡面騎二、三十公尺左右停車，由美的腳落地，關掉引擎。

「那裡應該就是事務所。從這邊用推的過去吧。」

「好。」

佳菜子下車，脫下安全帽。接著，她移動到後照鏡前，整理頭髮和臉妝。

由美脫下安全帽後，仍跨坐在機車上，飛快把一頭長髮往後束起，對著鏡子補妝。她的姿勢帥氣又性感，實在看不出是有一個就讀小學高年級女兒的母親。

由美把安全帽掛在手上，腰緊靠油箱推著大型重機。雖然這裡比之前的道路更平緩，但由美似乎推得挺費力。

於是，佳菜子也幫忙從後座推。

「佳菜，謝謝妳。不用擔心，這不算什麼，妳先往前走吧。」

「沒問題嗎？」

「自從取得重型機車的駕照，這輛車就像是我身體的一部分。」

由美笑著回答。

「那我先去事務所打聲招呼。」

佳菜子小跑步來到看似養雞場事務所的門口。

記憶中在小學校園內的雞窩聞到的臭味，隨風飄來。但她沒聽到雞的叫聲，或忙碌啄食飼料的聲響。

佳菜子剛要按下事務所的門鈴，一名三十多歲的女性員工隔著窗戶看到她，出來迎接。

「您是『鳥大將』的久保見副總經理介紹來的？」

對方立刻開口詢問。

「回憶偵探社，敝姓橘。」

佳菜子拿出名片。

「歡迎，請進。我去請社長過來。」

「不好意思，我們還有一個人，馬上就到。她也是偵探社的成員，姓一之瀨。」

佳菜子回頭，只見由美在停車。

「好的，請進來等。」

對方往屋裡走，很快就不見蹤影。

由美踏進事務所，小聲對佳菜子說：

「久等了。養雞場似乎在更裡面的地方。」

事務所內，三名員工默默對著筆電工作。最深處有一張特別大的桌子，約莫就是社長的座位。

半晌後，一名六十歲左右的瘦高男士，與剛才那名女性員工一同現身。

「敝姓三宅。」

男士點頭致意後，從作業服胸前的口袋取出名片。他就是社長達男。

佳菜子一邊自我介紹一邊遞出名片，並收下達男的名片。由美也跟著交換名片。

達男走在前頭，帶領二人往自家走去。

步出事務所，循來時路繼續往下走約五分鐘後左轉，眼前出現一棟雙層豪邸。

「赤城會長近來還好嗎？」

途中，達男問佳菜子。他從壽子那裡得知，會長夫婦搬去專爲銀髮族設計的大樓居住。

「身體有些狀況。」

「這樣啊。我只聽久保見副總經理提過，會長夫人身體欠佳，沒想到會長也健康堪慮。」

「大概是擔憂過度了。」由美應道。

「原來如此，他們眞是鶼鰈情深。」

「社長認識會長太太嗎？」佳菜子詢問。

「當然，她和家父是熟識。『鳥大將』剛創立的時候，父親與她往來的頻率遠高於會長。我也常和她聯繫。」

當時達男二十六歲，跟在父親良藏的身邊學做生意。

「會長夫人頗有大姊頭的風範，是個性直爽的人。她教我許多做生意的祕訣。」

「這麼說來，您想必知道不少事情，待會希望也能和您談談，不曉得方便嗎？」

「哪裡，我會和父親同席。」

達男帶著笑容回答。

抵達社長住宅的門口，達男打開木門，請兩人進屋。步入和式客廳後，他們在日式矮桌前的坐墊上跪坐下來，接著就看到白髮蒼蒼、戴黑框眼鏡的良藏，扶著達男的肩膀走進來。

「不好意思，我最近閃到腰。聽說，你們是來調查絹枝姊的過去？」

良藏啜著女傭端來的茶。

「爸，會長夫人生病了，必須通知她的親戚。兩位爲了瞭解『鳥大將』草創時期的事，特地從京都過來。」

坐在良藏身旁的達男開口解釋。

「我知道。誰要你們調查的啊？」

「爸，不要這樣說，是會長的千金——久保見副總經理委託他們的。沒錯吧？」

「是的。連絹枝女士的丈夫赤城會長，都不知道她有哪些親戚。所以，我們才想找與絹枝女士有交情的人打聽。」

脊。

「連赤城會長都不知道？」

良藏摘下眼鏡，瞪大眼看著佳菜子和由美。面對那詫異的目光，佳菜子不禁豎直背

「正確地說，是在交談途中赤城先生的身體忽然不適，因此我們幾乎一無所知，只曉得他把『鳥大將』的進貨事宜全權交給絹枝女士。」

「他提到我的事情嗎？」

「他說，您是絹枝女士朋友的弟弟，所以店裡總是能拿到品質優良的雞肉。」

「關於我哥呢？他有沒說什麼？」

良藏的話聲變得低沉，帶著一點恫嚇。

「這個嘛……」

佳菜子望向達男。

「我自己的兒子，別在意。」

良藏似乎發現佳菜子不好開口，先拋出這句話。

「他表示，能和這間養雞場做生意，全靠絹枝女士的前任伴侶的弟弟。換句話說，令兄和絹枝女士曾是這樣的關係。」

「爸，這是眞的嗎？」

達男不禁睜大雙眼。

「他們可是貨眞價實的夫妻。」

「我完全不知道……」

「請等一下。」

佳菜子打斷三宅父子的談話。

「聽說他們沒有結婚……」

「他們只是沒去辦結婚登記。」

和壽士的關係一樣。佳菜子瞄由美一眼，接著問：

「問題就在這裡。既然結婚了，爲什麼不去登記呢？」

「懶得……不，只是嫌麻煩吧。」

良藏一副「這根本不重要」的表情，端起茶碗。

「麻煩？我認爲不僅僅是這個原因。恕我冒昧，我想直接請教令兄一些問題。不曉得他目前在哪裡？」

「不可能，我哥不會說話了，剩一口氣而已。」

「咦，他生病了嗎？」

「腦溢血臥病在床，再加上肺炎，此刻裝著人工呼吸器躺在加護病房。」

「人工呼吸器……」

又受到病魔阻撓。佳菜子一時語塞，望向身旁的由美。

「身爲家人想必不好受。不知令兄今年多大歲數？」

由美幫忙解圍。

「比絹枝姊小三歲。」

「那就是八十二歲了。」

由美的京都口音溫柔婉約，化解了現場的緊張氣氛。

「直到兩年前，他的身體都還挺硬朗。」

「目前是夫人和子女在照顧他吧。」

由美毫不掩飾地問。

「是啊，還有孫子。」

「他們住在哪裡呢？」

「倉敷市內。那裡有一間餐飲店『波克』，是我哥開的店。」

「令兄的名字是……？」

「善藏，三宅善藏。雙親希望我們兄弟爲人善良，安分地過生活。」

「那麼，絹枝女士也會去善藏先生的店裡幫忙嗎？」

「她和我哥總是一起在廚房做菜，手藝很好。」

良藏不止一次吃過絹枝的料理。

「難怪『鳥大將』會這麼成功。」

由美點點頭，喝口茶。

絹枝果然曾從事餐飲業。

「聽到她在大阪開居酒屋的時候，您有什麼想法？」

由美問完，把茶碗靜靜放在矮桌上。才開口沒多久，大家似乎就被捲入她獨特的談話節奏。

「接到她的電話時，我嚇一大跳。畢竟她離開我哥身邊已有二十五年。」

「這段時間都沒有聯絡嗎？」

「完全沒有。」

「過了二十五年這麼久，想必沒辦法立刻反應過來吧。」

「是啊，不過當她哭著跟我說，想拿到好吃的雞肉時，我心中湧現一股懷念的感覺。絹枝姊從以前就很會撒嬌。」

「她是直接跟您聯絡嗎？還是，透過令兄？」

「直接跟我聯絡。她和我哥緣分已盡，我哥早娶了嫂嫂美鈴。」

「得顧慮到您嫂嫂的心情吧。恕我冒昧地問，剛才您提到絹枝女士離開令兄的身邊，不知是什麼原因？」

「問這個要幹麼，沒有關係吧？」

「您說他們沒有辦結婚登記，又說他們是貨眞價實的夫妻。絹枝女士離開令兄，顯然內情不單純，您也會好奇他們之間究竟發生什麼事吧？」

「『離開』是我個人的說法。夫妻之間的事只有本人才懂，但他們應該是好好談過才分開。」

「是嗎？我們來這裡是為了打聽絹枝女士有無親屬，令兄與絹枝女士曾形同夫妻，一起生活，理當知道她的出身地。不，雖然不是親姊弟，但您嘗過大嫂親手做的料理，身為小叔，難道從未問過她嗎？」

「這個……」

良藏被由美銳利的眼神盯著，啞口無言。

「您也不知道？」

由美低聲確認。

「我沒問過她。」

「但令兄應該知道吧。」

「知道是知道，可是我哥現在不能說話。」

良藏撇開目光。

「您知道我們正替臥病在床的人找人，找那些應該和她見面、應該要知道這個消息的人吧？」

「我知道、知道，但無能為力啊。」

「找人的任務就交給我們，畢竟這是我們的工作。」

由美露出微笑說，不管再小的事情都能成爲線索。接著，她問道：

「您說他們結婚了，有辦結婚典禮嗎？」

「只有親人參加。」

「那絹枝女士的親友呢？」

「一個人也沒有來，就我們兄弟兩個，然後到附近的神社參拜。這樣就夠了。」

「從您剛才的話推測，三宅家反對令兄與絹枝女士結婚吧？」

「推測？」

「養雞場占地遼闊，不像是一代的人就能打拚起來的規模，約莫是三宅家代代相傳的吧。我們家不是什麼大戶人家，但也從祖先那裡繼承不足掛齒的小塊土地，所以能夠理解。京都的歷史悠久，至今仍保有濃厚的家父長制色彩。按理，這裡的土地本該是由長男善藏先生繼承，沒錯吧？」

「妳這小姑娘眞聰明，不，應當說伶牙俐齒。沒錯，不過我哥早放棄這片土地。」

「爲了絹枝女士？那開餐飲店也是……」

「是絹枝姊的願望。」

「這樣啊，開『鳥大將』也是她的提議。果然，絹枝女士喜歡做餐飲方面的生意。」

「是的。其實，我哥也想開餐飲店。他曾告訴我，想從這裡空一小塊地方出來開店，可以為客人端出新鮮的雞肉料理。」

良藏說，夢想一致是哥哥與絹枝親近的原因之一。

「兩人應該常一起聊共同的夢想吧。您知道令兄與絹枝女士是在哪裡認識的嗎？」

「聽說是在田町的某家小酒吧。絹枝姊是那裡的女公關。」

三宅家對陪酒的女性有偏見。

「再加上，絹枝姊……」

良藏露出苦不堪言的表情，整張臉皺成一團。

「有什麼問題嗎？」

「她有不孕體質。我哥一直希望能傳宗接代，所以選擇和美鈴姊共組家庭。關於這件事，其實我很生氣，忍不住指責：你的店是託絹枝姊的福，生意才會這麼好，你居然恩將仇報！」

從良藏與由美的對話，就能明白「鳥大將」創立的時候，絹枝拜託的不是未登記結婚的丈夫善藏，而是他的弟弟良藏。

「不過，絹枝姊早就原諒我哥了。不，應該是我哥和美鈴姊在一起，她無話可說。兩人是同一間酒吧出身的。」

「美鈴女士……我是指善藏先生的太太，她是絹枝女士的朋友？」

由美望向佳菜子。

「是啊，她們是朋友。」

「美鈴女士仍健在嗎？」

「她和兒子共同經營一家店，約莫還很硬朗吧。你們想見大嫂？」

「畢竟她認識絹枝女士。」

「隨便你們啦。」

良藏像鬧彆扭的孩童般別過頭。

由美向達男詢問餐飲店「波克」的住址與電話。他立刻拿出手機，報出資訊。

「今天收穫很多，謝謝你們的幫忙。」

由美向佳菜子確認，其他還有沒有什麼要問的。

「從事陪酒的工作，還有生育的問題，就是絹枝女士不辦結婚登記的理由嗎？」

佳菜子對仍撇著臉的良藏問。

「她已和我們沒有瓜葛，不方便談論。」

「您不用擔心，我們得到對方的同意了。」

「連她現在的丈夫都不知道，我也沒什麼好說的。」

佳菜子和良藏大眼瞪小眼。

「絹枝女士和她丈夫已沒有時間，必須盡早通知她的親人。」

由美的語氣有些著急，彷彿隨時會危及性命。

「妳這樣說我更困擾。關於絹枝姊的過去，我幾乎一無所知。畢竟她沒有住民票，也不能在銀行開戶……她根本沒有戶籍。」

「沒、沒有戶籍！」

佳菜子不由得驚呼。

「她沒有戶籍，我們也嚇了一跳。」

「爲什麼她沒有戶籍？」

佳菜子並非詢問，只是有氣無力地喃喃自語。

佳菜子聽過有些人住在日本卻沒有戶籍，但不太明白究竟是怎麼回事。

「這樣啊，所以他們才沒有去辦結婚登記。我知道了，謝謝您願意告訴我們這麼難以啓齒的內情，感激不盡。」

由美伸出雙手各以三指輕觸榻榻米，低頭致謝。

「佳菜，今天就到此爲止吧。」

她轉頭對佳菜子說完，便站起身。

6

由美騎車載著佳菜子，穿梭在暮色漸濃的倉敷市內。在離著名的美觀地區有一小段距離的巷弄裡，找到「波克」的招牌。

招牌已點燈，門簾也掛上了。早在機車剛進入倉敷市時，佳菜子就打電話到「波克」，表達希望能訪問美鈴。

步入店內，只見吧檯前坐著幾組客人。有一道樓梯通往二樓，旁邊設置了鞋櫃。

佳菜子向站在吧檯內，穿白色廚師服的中年男子說：

「你好，敝姓橘，剛才有打電話過來。」

「我媽在裡面。望美，帶這兩位客人進去。」

對方指示待在鞋櫃附近的年輕女孩。

兩人跟著那名女孩，經過吧檯客人的背後，沿著細長的走廊往裡面走。

「老闆娘……」

來到拉門前，女孩揚聲呼喚。

門很快打開，只見盤起一頭白髮、戴著眼鏡，一身和服的美鈴露面。

「請進。」

「唐突造訪，非常抱歉。」

走進房內，約四張半榻榻米大的空間擺著桌椅。

佳菜子與由美輪流自我介紹，交換名片，等美鈴邀請入座。一坐下，佳菜子便開口：

「您丈夫的身體還好嗎？」

佳菜子刻意不提從良藏那裡打聽到的病情。

「很不好。靠機器維生，話也不能說。」

「抱歉，在您這麼辛苦的時候，冒昧登門拜訪。」

「聽說，絹枝的姊身體也欠安？」

美鈴一邊泡煎茶，一邊詢問。

「目前住院中。」

佳菜子只能含糊回答。

「哦，那麼有活力的人，眞是不敢相信。不過，記得她大我六歲，現在差不多是八十四、八十五歲吧。」

「是八十五歲。」

「我們都一把年紀了。」

美鈴感慨萬千地說。

「良藏先生提到，絹枝女士沒有戶籍。」

「就是啊，我也不知道原因，感覺是不能觸及的問題。我只知道絹枝姊透露的事，但是眞是假我不確定。」

「不管什麼事都請告訴我。我們就是爲此才匆忙上門拜訪。」

「從京都騎機車過來？」

美鈴的目光落在佳菜子的名片上，又看了看兩人放在地板上的安全帽。

「是的。」

「哇，尋找回憶的偵探啊。」

美鈴用不知是佩服或輕視的語氣確認名片上的職銜。

「如果要談到她，確實是很久遠的回憶。」

接著，美鈴抬起頭。

「聽說，絹枝女士是在岡山的酒吧工作時認識您。」

「沒錯。當時，戰後的復興正一點一滴進行，車站周邊充滿不可思議的活力。至今我仍記憶猶新，那間酒吧叫『Peach & Peach』。十八歲的我沒有陪酒的經驗，她待我如親妹妹，非常疼愛我。」

美鈴所有待客的工夫，都是絹枝親自傳授。

「之前，絹枝女士應該有過類似的工作經驗吧。」

「想必是的。任何類型的客人她都有辦法應付，該怎麼說呢，在兩位小姑娘面前實在不好開口，就是把男人玩弄於股掌之間。其中一個便是我的丈夫。」

美鈴掩嘴笑道。

「她以前工作的店也在岡山嗎？還是在其他地方？」

「這我就不清楚了，記得似乎在下關待過。」

美鈴說，某天一名男士走進「Peach & Peach」時，絹枝突然起身離席。她向美鈴表示不想和對方見面，拜託美鈴幫忙掩護。這是美鈴在酒吧工作的第二年發生的事。

「那名男士是下關人吧。」

「對啊。我從沒看過絹枝姊那麼慌張的樣子。之後問她才知道，她的前男友跟這個人借過錢。」

「所以，是前男友的債主？」

「大概吧。總之，無論如何她都不想和對方見面。或許是太慌張，那時的絹枝姊一點都不像可靠的大姊頭，反倒像小孩一樣膽怯。」

「對方看起來是不好惹的人物嗎？」

「一點也不會，所以我到現在都還記得，當時心中一直存有疑問：有什麼好躲的呢？」

受絹枝拜託接待客人的美鈴，以為對方是放高利貸什麼的，膽戰心驚地回座。畢竟對方是遇到任何事都能圓融處理的絹枝害怕的人物，美鈴緊張得連笑容也擠不出來。

「沒想到，對方態度很溫和，比其他客人還紳士，而且是一名公務員。」

美鈴不假思索地流暢說出六十年前的往事。

「和想像中落差頗大。」

佳菜子也想像對方是黑道開設的那種專門討債的借貸公司業者。

「我半信半疑地接待完這位客人，等工作結束後，我問絹枝姊，對方眞的是來討債的嗎？」

「絹枝女士怎麼回答？」

「她堅稱絕不會認錯，還說對方是下關人。當時我問：絹枝姊也住過下關嗎？她含糊帶過。不刺探別人的隱私是基本的禮貌，她都這麼表示了，我也不好意思再追問，妳說是吧？」

美鈴以眼神尋求贊同。

「三宅太太，可以冒昧問您一件事嗎？」

由美不想就此打住。

「關於您丈夫善藏先生與絹枝女士，他們分開的原因似乎是絹枝女士無法生育，這是眞的嗎？抱歉，雖然是過去的事，但我非問不可。」

由美低頭懇求。

「正因是過去的事，或許比較好說出口……」

話雖如此，美鈴卻一語不發。半晌後，她起身去拿茶點回來。

細心添茶，邀客人用茶點後，她終於開口：

「兩位抽菸嗎？」

「不抽。」

佳菜子和由美搖頭。

「這樣啊，那我可以抽嗎？我們這裡有裝通風設備，煙散得很快。」

美鈴抬頭看天花板。她從和服袖口掏出香菸盒與打火機，熟練地點菸。煙霧直接被天花板的換氣扇吸入。

名喚望美的女子過來詢問需不需要喝點什麼。

「騎車不能喝酒吧。」

「是的，謝謝您，請不用費心。」

由美向美鈴與望美微笑。

「這孩子是我的孫女。」

美鈴朝望美關上的拉門一瞥。

「哦，是您兒子的……？」

「是的，善秀的女兒。店裡的廚師是我兒子，我也算後繼有人了。」

「您還是不打算告訴我們嗎？」

「絹枝姊的狀況眞的這麼糟糕？」美鈴反問。

「其實她還有意識，但似乎連家人都不認得。」

「我聽良藏提到，連『鳥大將』的赤城會長也……」

「是的，甚至認不出自己的兒女。」

由美說明，赤城會長的認知功能下降了。

「我記得，赤城會長有一個兒子和一個女兒吧?在絹枝姊的教導下，一定都相當有成就。」

「兒子是醫師，女兒的丈夫是『鳥大將』的代表人。」

「這樣啊，果然不出所料，眞了不起。」

美鈴發出感嘆。

「大家都非常擔心絹枝女士。壽士先生的女兒勸他，絹枝女士的身體這麼差，應該要通知她的親朋好友。其實，她也想知道絹枝女士過去的人生，於是委託我們調查。」

由美把來龍去脈告訴美鈴。一開始，絹枝在家裡跌倒，出現疑似失智症的症狀。後來，家人希望透過回憶往事的刺激，恢復她的認知功能，這時大家才發現對絹枝的過去一無所知。

「我們認爲，他們委託進行調查，一方面是爲了治療，一方面是希望對絹枝女士有更多的認識和理解，成爲眞正的一家人。」

由美做出結論。

美鈴盯著由美認眞的表情。

「我曾對絹枝姊做了不好的事，我打從心底反省。年少輕狂，往往自以爲了不起。」

美鈴下定決心般吐出這句話。

「我也喜歡外子，不，是善藏。當時他和絹枝姊的感情很好，甚至為她與三宅家斷絕關係。即使如此，他們還是沒有分開。我羨慕的心情不斷膨脹，最後變成嫉妒。回想起來，實在愧疚。」

美鈴拿手帕壓了壓臉上花掉的妝。

美鈴自幼家貧，從國民學校畢業馬上就去罐頭工廠工作。員工幾乎都是女性，中傷毀謗霸凌的狀況層出不窮。加上她遇人不淑，最後自暴自棄地投身於特種行業。

幸好在「Peach & Peach」，有絹枝這位親切的女性。在經歷過女性世界陰險的霸凌的美鈴心中，絹枝帶給她的溫暖難能可貴。

儘管如此，她唯獨無法由衷祝福絹枝與善藏。

「我剛進店裡工作，就對善藏一見鍾情。我知道他和絹枝姊在一起，三年後他們決定一起生活，我也去幫忙搬家，還有善藏開始經營『波克』的時候……」

「一直在一旁看著他們同進同出，妳一定十分痛苦吧。」

由美露出同情的表情。

「看到『波克』在絹枝姊的協助下，生意蒸蒸日上，我心裡很不是滋味。某次，善藏喝醉酒，不小心對我吐露心聲，說想要一個兒子繼承家業。」

大概是經營上了軌道，善藏的心情也跟著放鬆吧。那是「波克」開店第四年的冬天發生的事。

「我……那時對他說『我可以爲你生一個』。」

美鈴直盯著由美與佳菜子。

「所以，您就和善藏先生……」

「我們暗中交往。過去我樣樣都比不上絹枝姊，終於能贏她，我高興得不得了……然後，我提出要求，如果我懷了孩子，他就要和絹枝姊分開。很殘忍吧？」

美鈴皺起眉。

雖然美鈴嘴上說著反省，但佳菜子從她的目光中看到的，不是七十九歲的女人，而是二十多歲、滿心嫉妒的女人。

「後來，絹枝女士便自行離開『波克』，是嗎？」

「她發現我懷孕了。我丈夫應該沒有要求她離開，她大概是放不下自尊，選擇離開。我丈夫仍相當依戀她。」

善藏沒有說出口，但無意間看到他在廚房沉思的樣子，美鈴就明白了。他出神地望著絹枝用過的特製菜刀。

「他說出口我一定會生氣，但他忍著不說也相當痛苦。不過，自從善秀出生後，他就像變了一個人，似乎已切斷那份情。」

「原來是這樣。您一直在旁邊觀察他們，這件事您應該最清楚……恕我冒昧，善藏先生是否會對絹枝女士動粗。」

「妳是指家暴嗎？不可能，絕不可能。他們在一起很久，當然，夫妻拌嘴之類的多到數不清，但他連舉手作勢要打都不曾有過，絕不會對絹枝姊做出這種卑劣的行徑。這一點我敢保證。」

自美鈴開口以來，這句話的音量最大。

「也對，如果善藏先生會動粗，絹枝女士和您都不可能喜歡他。絹枝女士的身上有舊傷，所以……您知道她有這些傷痕嗎？」

「啊，我知道。她十六、七歲的時候被車子撞到，膝蓋留下傷痕，所以，她只要走出店，絕不會穿短裙。」

「手的部分呢？」

「唔，手也是車禍留下的後遺症。由於她每件事都處理得很好，她沒主動透露，我根本看不出來。她說一直會有痲痺的感覺，行動十分不便。」

「十六、七歲時留下的傷啊……」

「妳該不會以為那是我們造成的吧？不不不，『Peach & Peach』的媽媽桑也說，那是她來店裡工作之前就有的傷。在我丈夫認識她之前就有的。」

美鈴不斷搖頭。

「想必她一直為後遺症所苦。沒有戶籍、沒有健保卡，就不能去大醫院看病。」

「所以才會傷得這麼嚴重。」

美鈴露出痛苦的表情。她肯定親眼看過絹枝的傷痕。

「最後我想請問，您知道絹枝女士喜歡聽什麼音樂嗎？」

「音樂？」

美鈴訝異地反問。大概是由美的問題太過唐突。

「是的，音樂。雖然那個年代還沒有卡拉ＯＫ，但我想每個人都有喜歡的曲子，有時會不經意哼唱出來的歌曲。」

由美是眞心想透過音樂的力量幫忙。

「我想想，我十八歲開始在酒吧工作，那是昭和二十五年（一九五〇年）的六月，大概在兩個月前，山本富士子獲選爲日本小姐，轟動全國。對了、對了，京都的金閣寺也是在那一年燒毀。當時，我們都聽些什麼音樂呢？」

「當時，絹枝女士和善藏先生……抱歉，請讓我這麼稱呼他。」

「沒關係。」

「她和善藏先生相遇、開始交往的那段時間，應該是她人生中最美妙的時期。於是我猜想，從昭和二十五年算起，約兩、三年內流行的歌曲，可能會符合絹枝女士的喜好。」

「我喜歡〈購物Boogie〉，兩位大概沒聽過吧，笠置靜子唱的輕快歌曲。」

「嘿，老闆，你好。嘿，老闆，這個多少錢。嘿，老闆，你聽到了嗎？這個多少錢。」

由美唱出這首歌的片段。

「哦，妳挺清楚的。」

「我母親偶爾會哼唱這首歌。」

「我喜歡這種氣氛愉快的歌曲。韓戰爆發後，我成天忐忑不安，心想該不會又要戰爭了吧。」

第二次世界大戰結束那年，美鈴才十三歲。那時，美鈴光是聽到「戰爭」兩個字就會起蕁麻疹，苦不堪言。

「我在電視台和廣播電台，都有做以尋找回憶爲主題的節目，所以知道不少老歌。」

「這樣啊，那〈舊金山的唐人街〉，還是〈明尼蘇達的賣蛋人〉呢？這麼古早以前的歌曲，妳就沒聽過了吧？」

「不，我也知道。」

由美模仿原唱的嗓音，唱出副歌。

「妳眞厲害。聽到這些歌，彷彿回到青春時代。」

如美鈴所說，她的雙眸發亮，神采奕奕。

「絹枝女士喜歡怎樣的曲子呢？」

「她那時也才二十四歲，不過，我記得她喜歡安靜一點的音樂，大概是偏悲傷的流行歌曲吧。」

「可以請您聽聽看嗎？」

由美從包包中取出給佳菜子聽過的音樂播放器，打開電源，點開昭和二十五年流行的歌曲。

「這些都是當時流行的歌曲，其中有符合的嗎？」

由美連同耳機遞給美鈴。

「選歌後，觸碰螢幕就行了嗎？」

美鈴戴上耳機，目光立刻落在螢幕上，選起曲子。

只見美鈴的手指不時觸碰螢幕，偶爾摀著塞入耳機的右耳，側著頭專心聆聽。

兩人吃著面前的點心，等待美鈴找到記憶中的那首曲子。過了十五分鐘左右，她摘下耳機，表情有些失落。

「我試著從曲名去找，都確認過了，好像不在裡面，眞是抱歉。」

「哪裡，我們才不好意思，請原諒我們唐突的要求。以前的流行歌曲壽命較長，可能會有三年的誤差。所以，設定是以昭和二十五年爲中心，前後兩年內的流行歌曲都放進去了。不過，雖然是流行歌曲，也不一定就是當事人喜歡的歌曲，不會那麼簡單就找出來。」

「找出絹枝姊喜歡的歌曲很重要嗎？音樂和她的病有什麼關係呢？」

「剛才我用那麼差勁的歌喉唱歌，您都說彷彿回到青春時代吧？就是這種感覺。有人正在研究，認爲音樂能改善失智症。」

由美向美鈴概略說明「personal song」的想法。

「哇，眞是不可思議，不管是音樂的力量或人的大腦。」

「是的。人的身體和大腦仍有許多未解之謎。即使只有些許的可能性，我覺得都值得一試。」

「如果我想起絹枝姊喜歡什麼歌曲，一定會立刻通知妳。」

「太好了，承蒙您百忙之中撥出寶貴的時間，實在感謝。」

「好像沒幫上什麼忙。」

「哪裡，您太客氣了。」

佳菜子急忙回應。大概是一直在旁邊扮演傾聽者的角色，最後這句話的聲音有些高亢突兀。

佳菜子回到與偵探社隔三條街、面對新町大道的住處，已過午夜十二點。

由美沒有回到去年底新搬的、位於北山大道的透天厝，而是前往老家大原。她把女兒由眞交給母親照顧。由美告訴佳菜子，明天早上七點起床送由眞上學後，她才會去上班。

佳菜子有些內疚，明明是自己負責的案子，卻讓由美這樣奔波。

但若由美沒有跟著一起去，良藏和美鈴不一定會吐露這麼多內心話。

佳菜子將凍僵的身體沉入浴缸，嘆了一口氣。

絹枝的過去，依然籠罩在層層面紗之後，掀開一層又一層，目前仍未得到眞相。

絹枝身上的傷，至少在二十四歲的時候就有了。本人雖然聲稱是十六、七歲遭逢事故留下的傷痕，但由美覺得不能輕易相信，也可能是前男友造成的。

別的不提，光是那個前男友的債主、來自下關的男人就很可疑。說不定，那個男人就是她前男友。

「絹枝女士害怕的樣子令人在意。」

由美推測對方與絹枝之間有所糾葛。但假設對方當時是三十歲，推算起來現在也已八十九歲，搞不好年紀更大，早就不在人世。如今要找到他，可說是難上加難。時間這道無法突破的障礙橫立他們面前，還加上絹枝沒有戶籍這個難關。

由美十分瞭解無戶籍的狀況。過去擔任護理師時，她曾遇到一名沒有健保的年輕男子。他身上沒有任何可證明身分的文件，由美向社工詢問，才知道他沒有戶籍。

佳菜子想起在回程的咖啡店哩，由美說：

「據說，現在日本全國約有一萬人沒有戶籍。法務局、總務省發表的數據不一樣，大概沒有辦法完全掌握吧。畢竟，這些人不可能自行通報。一個人沒有戶籍，當然就不能獲得相應的行政服務。即使到了應受義務教育的年紀，若沒有主動去辦手續便無法上學，更別提就讀高中了，而且不能加入健保。絹枝女士傷得這麼重卻未接受良好的治療，也是沒有獲得醫療保障的緣故。還有，不能考駕照，不能辦護照，沒有選舉權。甚至，像絹枝女士一樣不能結婚。儘管生活在同一個國家，他們卻必須忍受這麼多不自由。」

沒有辦法證明身分，對求職的影響也很大。幾乎所有企業都不敢僱用來歷不明的人。他們能選擇的工作十分有限，而且酬勞被壓得很低，因此大多數都在聲色娛樂場所或愛情賓館之類的地方工作。由美說，一旦把身分從職場切割出來，就很難追蹤一個人的過去。

「只因沒有辦出生登記……」

「沒錯。其實，在嬰兒出生十四天內去辦出生登記，就能擁有戶籍。」

「出生登記的手續很麻煩嗎？」

「一點也不會。只需塡寫嬰兒的姓名、出生年月日、辦住民登記用的住址，還有爸爸和媽媽的姓名，出生的醫院及嬰兒的體重，然後簽名蓋章就好了。」

「既然這麼簡單，仍有父母不願去辦嗎？」

「這個嘛，每個人都有難言之隱，妳聽過『離婚後三百日的問題』嗎？」

「聽過。」

「簡單來說，就是離婚後三百天內出生的嬰兒，視爲和前夫所生（註）。可是，有些人連前夫的臉都不想看到。比方，遭丈夫暴力相向，選擇逃離的女人。好不容易和惡魔般的男人分開，遇到好男人，也生了小孩，但她如果在這段時間內去報戶籍，出生登記的父親欄必須塡上惡魔的名字，戶籍上的生父也會變成那個人。有些母親抗拒這麼做，不知不覺就超過登記時間。當然，不僅限於這種狀況，有些父母根本不知道必須在十四天內去登記的規定；有些是父母本身就沒有戶籍。比方在戰後的動亂時期，那些失去戶籍的人生下的子女。」

「以絹枝女士的年齡來看，最有可能的就是受到戰爭的影響。」

戰爭啊……感覺就像一片巨大的黑暗，而絹枝身在其中。一想到這裡，佳菜子不禁感到洩氣。

她望著浴缸上方的天花板，嘆了口氣。

泡在熱水中，身體逐漸暖和，一股強烈的睡意襲來。

佳菜子急忙離開浴室，換上睡衣，坐在沒開電源的暖桌邊，喝著自製的薄荷水。等頭腦冷靜下來，她準備開始寫日記。這是她從今年元旦起立下的決心，哪怕只有一行也要記下來。

佳菜子翻開放在暖桌上的特製日記本，這是澤井送給她的。

——搭由美姊的愛車，前往岡山縣淺口市鴨方町的「三宅養雞場」（三宅達男爲代表人）。聆聽三宅善藏先生（絹枝女士的前夫）的弟弟良藏先生（養雞場前任代表人），與

註：日本民法規定女性離婚後半年內不得再婚。二〇一六年法律修改為一百天內，但再婚後兩百天內出生的孩子將被認定為和前夫所生。

善藏先生的妻子三宅美鈴女士說話。善藏先生臥病在床，沒見到面。

良藏先生提到，絹枝女士沒有辦結婚登記，是她沒有戶籍的緣故。

從昭和二十五年起，美鈴女士在岡山田町的酒吧「Peach & Peach」工作。在那裡，她遇見二十四歲的絹枝女士。同一時期，絹枝女士與善藏先生交往。在絹枝女士的提議下，善藏先生在倉敷市開了一間叫「波克」的店，三年後與絹枝女士同居。同居五年後，絹枝女士離家出走，原因是生不出小孩。美鈴女士當時二十六歲，與善藏先生結婚，生下善秀先生，直到現在。望美小姐是她的孫女。

讓人起疑的是，昭和二十七年左右，一名造訪酒吧的下關男士令絹枝女士感到害怕。絹枝女士表示對方是前男友的債主，但該名男士自稱是公務員……

佳菜子的眼皮沉重到張不開，不敵睡魔的侵襲，只得擱下筆。她連走到臥室的力氣都沒有，於是，沒發每日例行傳給澤井的晚安簡訊，直接躺平。

7

在早上的會議中，聽完佳菜子與由美的出差報告後，浩二郎陪佳菜子前往「un endroit雄琴」。

對於由美提出的personal song，眞頗感興趣，表示無論如何都要見Pasonal Asia研究所的所長宮前響子一面。第一次看到眞如此積極，浩二郎便尊重他的想法。

當然，由美面有難色。但她相信眞說的「我不否認音樂的可能性」這句話，決定替他介紹。

兩人在中午前抵達「un endroit雄琴」，壽子立刻出來迎接。佳菜子事先聯絡過她。在赤城家客廳裡的桌旁坐下後，壽子端出沖好的咖啡放在桌上。

「聽說妳們是當天來回，辛苦了。」

壽子對佳菜子說。

昨天傍晚，壽子接到達男的電話，得知佳菜子和由美騎機車過去，嚇了一跳。

「不會，我只是坐在後座而已。我們才要謝謝三宅先生，幫了許多忙。」

「三宅先生非常驚訝，這些陳年往事他完全不知情。」

壽子也就座。

「絹枝女士與令尊的狀況還好嗎？」浩二郎詢問。

「媽媽還是老樣子，一句話都不肯跟我們說，只對固定照顧她的護理師說的話有反應。爸爸能坐起身，但主治醫師規定會面時間不能超過三十分鐘，而且只能簡單閒聊。」

「絹枝女士對令兄的態度也一樣嗎？」

「是的，一樣。」

「看來，還是等到令尊身體康復後，我們再進行詢問比較妥當。接著，我請橘小姐向您報告，昨天從三宅家取得的相關情報。」

浩二郎以眼神向佳菜子示意。

「好的。啊，咖啡請趁熱喝。」

「謝謝，那我就不客氣了。」

浩二郎拿起杯子。

佳菜子喝一口咖啡後，道出良藏與美鈴透露的內情。

「媽媽沒有戶籍……這樣啊，所以才沒有辦結婚登記，也沒有銀行帳戶。」

壽子似乎正努力理解這些話的內容，始終愁眉不展。

「絹枝女士不須負任何責任。」

浩二郎打電話請教律師朋友，朋友在電話中替他上了一課，讓他理解無戶籍問題的概況。爲什麼會沒有戶籍？大抵不出幾個原因，從三百日問題、民法七七二條的嫡出推定，到父母因戰爭、災害等原由失去戶籍，還有居無定所加上貧窮，或是喪失記憶等生病的緣故，甚至有反對戶籍制度而不設戶籍的人。

「這是明治時代制定的法律，與現狀有諸多不符之處。因此，爲了解決三百日問題，法務局修改住民票的辦理程序。沒有戶籍的人透過調查雙親的姓名、出生地等，向家事法院申請取得戶籍的調停與裁判，就可能重新入籍，取得戶籍。這麼一來，令尊與絹枝女士便能成爲名正言順的夫妻。」

浩二郎露出微笑。

他十分明白，無論是向法務局或家事法院提出申請，都不是能簡單通過的手續。但絹枝與壽士接連病倒，委託人一定相當忐忑不安。調查至今才剛有頭緒，耗費心神的程度已足以讓委託人萌生放棄的念頭。現在最大的敵人，是絕望。

「你的意思是，可以讓他們結婚？」

壽子的表情柔和許多。

「爲了達到這個目的，我們必須查明絹枝女士的身分。」

以絹枝目前的狀況，雖然不容易，但只要能查明出身地，就能找出知曉絹枝的親生父母是誰的證人，說不定還能蒐集到許多旁證。

「但實相先生，下關這件事，我從沒聽絹枝阿姨或父親提過。」

壽子的表情再度蒙上陰影。大概是眼圈發黑的關係，看起來像在低頭啜泣，情緒似乎非常低落。

「現在已有新的線索，其實不用那麼悲觀。只是，爲了能有新的進展，想拜託您一件事。」

「什麼事？」

壽子的表情僵硬。

「請相信我們，讓我們看看絹枝女士的私人物品。包括絹枝女士跌倒的地方，我們都想深入調查。

「這得問過父親才行。」

浩二郎當然明白，先獲得壽士的允許再進行下一步，非常合情合理。但考量到可能造成精神上的負擔，他判斷與其取得壽士的允許，不如爭取女兒壽子的理解比較容易。這也是浩二郎提出這個不像他作風的強硬要求的緣故。

爲了準備今天早上的會議，浩二郎比平常更早到偵探社。準備結束，他滑動辦公椅，眺望白板。白板上有一幅眞上次分析絹枝傷痕時畫的人體圖。

眞以紅筆畫出從下顎到顳骨乳突的擦傷，說是圍裙的綁帶造成。

若是如此，人往前倒，居然沒有用手腕或手肘支撐，導致腰部和左側頭部撞傷，這樣的畫面在浩二郎腦中始終無法建立起來。通常往前撲倒的人，隨即會往左偏，最後左側身體著地。這時，第一個撞到的應該是左骨盆，接著才是左側頭部。

這麼一來，圍裙就成了腰部的緩衝墊，而綁帶隨著身體傾斜，會拉扯到下半身。怎麼會出現從下顎到耳朵後方，這種由下往上的擦傷？

發現這個疑點，浩二郎不禁對壽士的證詞產生懷疑。

對證詞有所疑慮時，就從證物裡找答案。這是浩二郎當刑警時，前輩告訴他的話。若是發生案件，要調查現場的遺留物品；若是尋找回憶，當事人的私人物品便是關鍵。

只要活著，我們就必須在前進的道路上，不斷取捨「人、事、物」。從捨棄某樣東西、留下某樣東西，可以明白那個人的價值觀。一旦價值觀產生衝突，就會引發案件。

「久保見女士，我以前是刑警。萬一發現手中的工作牽涉犯罪，呃，就是出現疑似與犯罪相關的證據時，就必須交給偵查機關處理。」

「這是什麼意思？」

壽子焦慮地整理襯衫的領口。過度注重儀表，是一種告訴自己不要緊張的自然反應。這證明浩二郎對此事的重視程度，已充分傳達給她。

「絹枝女士身上有無數傷痕，包括以前就有的，及這次跌倒造成的新傷痕。關於這次的新傷痕，令尊的說明我有一處無法接受。」

「您是指，我父親撒謊？」

「他的說明和傷痕不符。絹枝女士跌倒時穿的圍裙還留著嗎？」

浩二郎避免使用斷定的語氣，告知對方受訪者並未吐實。

「應該留著。」

「實相大哥，現在是什麼情況？」

壽子猛然起身，匆匆步出走廊。

佳菜子對浩二郎耳語。

「有一個疑點，我一定要查清楚。佳菜沒有預備知識，在一旁看著我和久保見女士的互動就好。」

其實，浩二郎不願以刑警的眼光來處理收到的委託案件。搜尋回憶，若只有查明真相，無法讓委託人接受事實。這是「心」的問題，而「心」是難以用「道理」解釋的。

「還有，就像我平常告訴妳的，妳只要如實說出自身的感覺和觀察就好。」

「我知道了。」

佳菜子更小聲地回應。

壽子頻頻側著頭回到客廳。

「眞奇怪，四處都找不到。」

「絹枝女士平常都會使用那條圍裙吧。」

浩二郎再次確認。

「對，應該沒錯。我知道的那條圍裙，印著黃色油菜花的圖案。媽媽通常都是穿那條圍裙，但我怎麼找也找不到。」

「兩位老人家平日都怎麼洗衣服呢？現在還是親手洗嗎？」

「除了內衣褲，其他衣物都是利用這裡的送洗服務，但圍裙應該是自己洗吧，我曾在洗衣機旁的洗衣籃和臥室的衣櫃裡看到。」

「但都找不到嗎？令尊說，他替絹枝女士脫下圍裙。可能在運送病患到社區的醫療大樓時不小心夾帶過去，保險起見，方便請您確認一下嗎？」

「好的，我馬上問。」

壽子使用設置在房間裡的內線電話聯繫。

浩二郎與佳菜子坐在一旁，等待壽子結束通話。

「這樣啊，謝謝。」

壽子掛斷電話，回到座位。

浩二郎先開口：

「看來，他們也不知道。」

「對。眞奇怪，到處都找不到，父親是不是弄錯了？」

「我認爲不是弄錯。令尊對趕來的醫護人員說，他先脫下絹枝女士的圍裙，並鬆開衣物，才按下緊急按鈕。他還特地提到圍裙。絹枝女士被運送到醫療大樓後，圍裙應該被放到某處，如果不是久保見女士拿走……」

壽子打斷浩二郎的話：

「我和女兒確認一下。」

壽子拿出手機。電話掛斷後，她對著浩二郎搖頭。

「我女兒也不知道。」

「或許您認爲這是微不足道的小事，但有時候要找出眞相，只能靠不斷靠累積這樣的小事。如果醫護人員也沒看到，恐怕還在這裡的某處。如果這裡找不到，不是令尊藏起來，就是處理掉了。」

「父親爲什麼要這麼做？」

「我們就是要查明這一點。如果一開始就打算藏起，他根本沒必要提到圍裙。但令尊刻意說出這件事，而且絹枝女士身上的傷痕與他的說明也對不起來。」

「難道連父親都患有失智症？」

壽子似乎認爲壽士不是在撒謊，而是生病對事實產生誤解。

「不，感覺令尊的言行藏著某種意圖。」

「父親對委託實相先生一事，沒表現出一絲反對。如果他想隱瞞，一定不會答應的，不是嗎？」

「他想瞭解絹枝女士的過去，這一點我不認爲他在撒謊。」

「即使有所隱瞞，他也想知道？」

「沒錯。令尊的想法，可等他復原再確認，當下最重要的是，請久保見女士找出那條圍裙。」

「沒幾個地方，我想很快就能找到。」

壽子的表情依然不安，但下定決心般緊閉雙唇。

「久保見女士，如果確定這裡找不到，能否答應剛才的請求，請您親自陪同，讓我們調查絹枝女士的私人物品？」

「我知道了。」

「我們在這裡等就好，可以嗎？」

「可以。」

壽子回話後，立刻著手尋找圍裙。

三十分鐘後，壽子向浩二郎報告，沒有找到那件印有油菜花圖案的圍裙。

「或許是丟掉了。」

浩二郎喃喃道。

「父親把圍裙丟掉了……怎會這樣……」

「也可能收在某個地方。總之，令尊這麼做有他的用意。」

「我愈來愈搞不懂了。」

壽子撫著臉，冷靜不下來。

「如果我們向令尊請求調查絹枝女士的私人物品，一定會被立刻回絕吧？」

「私人物品，指的是哪些東西？」

「這個嘛，只有絹枝女士才能碰，連家人也不能看的東西。」

「……我懂了，這邊請。」

壽子似乎想到什麼，帶著浩二郎與佳菜子前往絹枝的房間。

那是一個像女學生套房的明亮房間。大概四坪左右，從壁紙、窗簾、矮桌到和室椅，全是淡黃色。

「和圍裙一樣，充滿油菜花的意象嗎？」

佳菜子向壽子詢問。

「是的，就是油菜花。媽媽眞的很喜歡黃色。但她說不是向日葵的那種，我分不太清楚。」

壽子跪坐下來，打開壁櫥的拉門。只見她上半身探入壁櫥，拉出一只木製收納箱。箱子是桐木製，打開蓋子，裡面裝著綢緞。

「底下是金屬製的保險箱。」

從箱中移出四、五匹綢緞後，出現一個烤土司機大小的保險箱。

壽子取出保險箱，放在一旁的榻榻米上。

「要是有個萬一，就拿出保險箱。以前住在梅田時，絹枝阿姨曾這麼交代我。」

移居至現在的住處時，壽子也幫忙搬家。那時絹枝又說了同樣的話。直到浩二郎提出「連家人也不能看」這句話，她才想起這個保險箱。

浩二郎跪坐著，仔細觀察保險箱。

「是轉盤式的鎖啊。」

「我想大概沒人知道密碼。」

「令尊呢？」

「他也不知道。」

「嗯，三組號碼而已，並不是不能打開，但還是先向令尊確認一下吧。」

浩二郎抱起保險箱要遞給壽子時，突然停下手。

「噢！」

「怎麼了嗎？」

一旁的佳菜子關切道。

「這是什麼？」

浩二郎輕輕捏下附著在保險箱轉盤附近的黑色細條短纖維，屏氣放在掌心，移向佳菜子。一不小心，恐怕就會飛走。

「好像不是毛線。」

佳菜子凝視著那條黑色纖維，問壽子：

「久保見女士，您知道這是什麼嗎？」

「確實不是毛線，箱子裡只放著綢緞，不應該有這種像是從羽絨外套跑出來的羽毛。」

「是黑色羽毛嗎？」

佳菜子的目光再度落在浩二郎的掌心。

「總之，我們先帶回去調查吧。」

浩二郎從西裝口袋拿出隨身攜帶的小塑膠袋，把羽毛放進去。這是他以前當刑警時，用來裝證物或凶手遺留物的小袋子，現在改爲裝與委託人回憶相關的物品，十分方便。

「佳菜，妳能幫忙調查其他的書架或收納箱嗎？若是發現可連結過去的東西，希望能拍照存檔。」

「我知道了。」

「拜託妳了。」

浩二郎起身環顧屋內。放眼望去，與胸口齊高的書架上，大多擺放與料理相關的大開本書籍。書櫃上方放著相框及翁媼人偶，臉蛋像是女版的不倒翁，一旁還有一根頗爲少見、黑漆漆的圓柱型木頭。

浩二郎走近書架，把那高十公分、直徑約四公分的木棒拿在手上，指尖傳來一陣刺痛。仔細一看，木棒的背面有著像睡翹的頭髮般的倒刺。整根木棒只有背後的上半部，有幾道致使表面出現倒刺的鑿痕。

「這是什麼？」

浩二郎詢問壽子。他和佳菜子正從衣櫥搬出另一個箱子，一起翻找裡面的東西。

「我問過她，似乎是護身符。」

「護身符？」

浩二郎又仔細端詳一番。除了倒刺的部分，看起來只是一根老舊的木棒。上面沒有任何圖案，也沒有雕刻的痕跡，甚至連上色都沒有，毫無加工。是過度磨損或是手垢積累，使得顏色或形狀消失了嗎？還是，倒刺的部分有什麼特別的意義？

會是十二生肖嗎？把倒刺的部分當成鬃毛，可能是馬或龍；當成是雞冠，可能是雞。

「之前您提到，絹枝女士今年八十五歲，正確來說，是在哪一年出生的呢？方便告知她的出生年月日嗎？」

「我想想，她是昭和元年出生的，十二月二十五日。」

「十二月二十五日？」

浩二郎不禁提高音量。

「實相大哥，有什麼問題嗎？」

佳菜子望向浩二郎。

「那是昭和年號啓用的第一天。前一天的二十四日，仍屬於大正時代。」

大正天皇駕崩後，年號才改爲「昭和」，因此，昭和元年只有短短一週。

「這、這樣啊，我們家的人都沒有注意到這一點，眞是稀有的出生日期。」

「是的。原來如此，生日剛好在昭和元年的第一天。」

儘管出生在時代交界的人很多，但壽子不知道這件事，浩二郎覺得有點不太對勁。通常自我介紹時，這個生日非常具有話題性。

有沒有可能她謊報出生年月日？若沒辦出生登記，旁人問起時，她本人也不知道，索性找一個特別的日子當成生日，並非不可能。

這麼一來，問題最大的不是絹枝，而是她的雙親。雖然不清楚到底有什麼苦衷，但怎會有父母捨得拋棄女兒？

而遭到拋棄的女兒，又是在哪裡、如何生存下來的呢？絹枝身上大量的傷痕，顯示她的人生絕不順遂。

昭和二十年戰爭結束，那年是龍年。昭和元年是雞年，所以，那奇特的木工藝品是雞？浩二郎試著把木棒打橫，但怎麼看都不像是雞。

他把木棒放回架上，單膝跪地，目光移向書架。除了料理相關的書籍，還有和服相關的雜誌、和菓子、古寺等攝影集，一本小說也沒有。

移動到窗邊，那裡沒鋪榻榻米，而是像旅館、飯店常見的，是一坪半大的木地板空間，上面鋪有地毯，放著一張面向窗戶的藤椅。

拉開窗簾，凸窗的平台剛好成為一張比浩二郎腰帶位置還低的桌子。凸窗桌上鋪著一條桌巾，有兩個似乎放置過飲料的圓形容器的痕跡。

浩二郎坐在藤椅上，眺望琵琶湖。湖面泛起一波波水藍色漣漪，看起來冷颼颼，但到了夏天想必很涼爽。

不，這幢屋子裝有暖氣，無論什麼季節，都能輕鬆欣賞這片療癒的風景吧。窗框剪裁出的琵琶湖如詩如畫，讓浩二郎不至於聯想到死去的浩志。

「很美吧？」

背後傳來壽子的話聲。

「平常，絹枝女士就像這樣坐在這裡休息吧。」

浩二郎伸手摩挲桌布。

「事故發生前，她經常坐在這邊。連過年也不例外，跟大家喝完屠蘇酒後，晚上她會一個人待在這裡，喝著抹茶寫詩。」

「她會寫詩？」

浩二郎邊說邊撥掉指尖的灰塵。

「都是些短詩，她似乎很喜歡寫。」

「這裡有她寫的詩嗎？」

「有，她寫在筆記本上，我記得收在電視櫃的下層。」

從木地板空間回到榻榻米上，浩二郎往電視櫃下方的收納空間一看，果然發現筆記本，看起來還很新。

「只有這本嗎？」

浩二郎單手拿著筆記本問壽子。

「最近她才開始寫在筆記本上。」

「那我就拜讀了。」

打開最新的一頁，如壽子所言，日期是今年元旦。

幸，不幸。
行走於薄冰。
快步走。
在我的體溫熱度傳向冰之前。
一步，又一步。
在我的心跳鼓動震出微小裂縫之前。
在我的汗水、眼淚落下之前。
下方是不幸，
上方是幸福，
我還在冰上。

以八十五歲的年齡來說，這是一首感覺相當新穎的詩。只是，不像是新年喝完屠蘇酒後會寫出的內容，有種提心吊膽的感覺。

浩二郎往前翻一頁。

迷惘。

依然迷惘。
明明就在眼前，卻抓不到。
該再往前伸出手，還是縮手作罷？
明明看得見，卻抓不到。
沒有勇氣，所以抓不到。
沒有勇氣，所以放棄。
結果就是半吊子。
什麼也沒得到。
我想放下這顆心。
從這裡——搆不到那裡。
我依然迷惘。

這首詩也不像出自在可悠閒養老的舒適新居，與相愛的人共同生活的女性之手。
「寫得如何？她從沒讓我看過。」
壽子的手伸向第三個箱子。
「我是門外漢，不懂詩。只是，內容讀起來讓人有點膽戰心驚。」
浩二郎翻到剛才讀過的頁面，遞給佳菜子：

「妳看看。」

「好棒的字。鉤提和撇捺有獨特的筆勢，使文字架構達到一定的平衡。雖然不到專業的水準，但我喜歡這樣的字。」

佳菜子說完，隨即傳給壽子。

「絹枝阿姨是不是有什麼不滿……」

壽子讀過內容，喃喃自語，透露出後悔的心情。

「絹枝女士對這裡不滿意嗎？」

浩二郎盤腿坐在榻榻米上。

「不會，她十分中意這裡的景色，也覺得這裡的溫泉很舒服。最重要的是，她說有醫生在，我哥也在，她很放心。」

「這樣啊。那我換一個問法。她曾夢想住在哪個地方嗎？」

浩二郎特意拐彎抹角地問，是因對居住環境毫無不滿的人不多。每個人難免都會抱怨，也都有憧憬的土地。

「她提過想住在像京都的町家那樣的房子。我說考慮到年紀的因素，必須經過相當程度的改建才能住。她說那就算了，這樣就沒味道了。」

「京都的町家啊。確實如果直接搬進去住，不適合老後的生活。」

「還有，醫師隨傳隨到也是重要的考慮條件。」

壽子說，哥哥堅持就近工作，是絹枝入住的關鍵。

「原來如此，她對京都的町家有濃厚的興趣，這也可以成爲瞭解絹枝女士過去的線索。我們會持續分析下去，請借我們影印這些詩好嗎？」

「需要影印機的話，在多功能房。」

壽子把筆記本遞給佳菜子。

浩二郎等佳菜子讀完剛才那一頁後接過筆記本。

「那麼，等我們要回去前再印。」

之後，一夥人前往視野遼闊的頂樓餐廳吃中飯。用餐結束，繼續調查絹枝的房間到下午四點。很遺憾，沒有找到與過去相關的新發現。

「今天就先到此爲止吧。久保見女士，百忙之中，謝謝您今天陪我們這麼長的時間。」

「哪裡，辛苦了。我泡了茶，你們稍等一下。」

浩二郎對走出房間的壽子身後喊一聲「不用客氣」後，又回到窗邊的木地板空間。

「佳菜，現在的景色很棒喔。」

「眞的耶，快要黃昏了。」

佳菜子也來到凸窗旁。

二月的太陽早早就下山。轉眼間，陽光慢慢變化成近似蛋黃色的溫和光線，更襯出琵琶湖的碧藍。

「絹枝女士的心裡到底在想些什麼？」

「世上果然不存在沒有煩惱的人。」

「即使看來無憂無慮的人，敲敲內心深處，還是會傳出悲傷的聲音。」

「我聽過這句話，那是什麼書？」

「夏目漱石的《我是貓》。」

「看著這片風景，配上這句話，不知怎麼，覺得特別有說服力。」

佳菜子雙手撐在凸窗的桌面上，傾身向前。窗玻璃依稀映照出佳菜子的臉龐。

凸窗桌十分牢固，但浩二郎仍忍不住想抓住佳菜子，擔心她會被吸入湖面。

難道是看到浩志的幻影了嗎？浩二郎搖搖頭。

「怎麼了嗎？」

重新站定的佳菜子，詫異地看著他。

「不，沒什麼，這很堅固。」

浩二郎以拳頭敲敲桌面。

「你怕我掉下去？」

「嗯，對。」

「其實，我剛才也有點怕，要是掉下去怎麼辦……」

「做工很堅固，只是凸出的部分太多，還是讓人有點擔心。」

「沒錯。咦，這個杯子的痕跡……」

佳菜子坐在藤椅上，把右臂伸直，指尖才勉強碰到那個痕跡，換成左臂也一樣。

「記得絹枝女士的身高和我差不多，杯子放這麼遠，她得起身離開座位，往前傾才拿得到杯子。」

「確實如此。」

浩二郎再次撫摸桌巾。桌面中央傳來不一樣的觸感，他頓時停下手。

「怎麼了？」

佳菜子察覺浩二郎的表情有些不對勁。

「有一塊地方摸起來空空的。」

浩二郎把整條桌巾掀開。

只見桌面有一小塊肉眼難以分辨的凹痕。浩二郎湊近凹痕，仔細觀察。凹痕非常細微。確認完後，他再把桌巾鋪回去。

「像我剛才那樣掀桌巾再重鋪，等於轉了一百八十度，所以杯子的痕跡才跑到窗邊。問題在於，是什麼時候被翻動的？」

不久，壽子送茶碗進來。浩二郎詢問她桌巾的事。

「這個房間都是絹枝阿姨親自打掃，我從沒移動過這條桌巾。」

「那您知道桌上有凹痕嗎？」

浩二郎指出凹痕的位置。

「事故發生後，我不曾進來，也不知道桌上有凹痕。」

「那麼，杯子的痕跡呢？」

「靠近桌緣有兩個痕跡，絹枝阿姨常自嘲說，看起來像杯墊一樣。」

「在她過年寫詩的時候就出現了嗎？」

「對，我端抹茶進來的時候看到的。她總是把茶杯放在同一個位置。」

「這是新大樓吧？」

「是的。」

「裝潢都可以自由設計嗎？」

「這是最大的賣點。本來這裡是西式房間，靠窗邊的一坪半保留原貌，其餘空間改爲和室，裝設門框，冬天就把紙門關上。爲了配合這片難得的湖色風光，絹枝阿姨希望上方可以做一排像傳統旅館那樣的格窗。」

「凸窗呢？」

「維持不變。」

「這個凸窗做得十分堅固。久保見女士，方便再借用一點時間嗎？我找一個幫手過來。」

「需要多久的時間？」

壽子看看手表，表示得在六點半以前回到公司，希望五點能離開。

「這樣啊，不到一小時可能不夠。從五點開始，大概一小時左右，可以麻煩令兄陪同嗎？」

「哎呀，多虧浩二郎的福，派了一個好差事給我。還請由美騎機車送我過來，未免太周到了吧。」

茶川臉紅氣喘地走進赤城家的客廳。向委託人壽子打過招呼後，他眼尾垂下，高興地對浩二郎說道。茶川是六十四歲的單身漢，對由美十分傾心。他對由美的愛慕，如中學生般純潔。他曾向浩二郎透露想和由美結婚，但真的碰見由美時，卻淨開一些玩笑，根本沒有好好把心意傳達給對方。

「茶川先生，臨時找你來，真不好意思。」

「別這麼說，應該是我要感謝你。」

「客氣了，待會還要向你請教。由美呢？」

「她和贊助商有飯局，要我代她向大家問好。對了，聽說她白天和平井少爺一起出勤。」

「是啊，我請他去見一個人。」

「聽說是做音樂的人？真有意思，明天應該就會有報告了吧？我很期待。」

「這可不是在玩樂。」

浩二郎露出苦笑，引導茶川走到後方絹枝的房間。

這時，壽子開口：

「那我先告辭，哥哥等一下就會上來。」

接著，她開始整裝。

「喔，對。那麼，我們等令兄上來再著手作業。」

約五分鐘後，壽一穿著白衣出現，壽子才離開。

打完招呼，壽一與大家一同進入絹枝的房間。

「發現了什麼嗎？」

一進到房內，壽一立刻詢問。

「噢，還不確定，所以才請他來幫忙。」

茶川打開像是醫師出診攜帶的提包，正在做調查的準備。壽一的視線移到他身上。

「請不要由上往下看，很刺眼喔。」

茶川靦腆地拍拍光溜溜的頭頂。

「茶川先生曾是科學搜查方面的專家。」

在一旁擔任助手的佳菜子介紹茶川。

「佳茱，謝謝妳。但正確來說，現在依然是專家。就算府警的鑑識人員，加上科搜研（註）所有的人來跟我比拚，我也不會輸。」茶川笑道。

「咦，鑑識……也就是說，這個房間裡發生過什麼事嗎？壽子只告訴我，好像發現什麼東西。」

壽一雙手插腰，神情有些不安。

「請讓我從頭說明。令尊的證詞與事實有出入。」

浩二郎解釋，絹枝從下顎到後頸的傷痕，不可能是身上穿的圍裙造成，以及那條圍裙下落不明，顯示壽士有所隱瞞。

「嗯，爲什麼爸爸不說出眞相？我才剛去看過他。目前他的血壓滿穩定的，但只要提起絹枝阿姨，他就會說哪裡不舒服。看來，他眞的有所隱瞞。」

「可是他又表示，想瞭解絹枝女士的過去。」

「對啊，眞搞不懂爸爸的腦袋裡到底在想什麼？」

「對年長者來說，心口不一是常見的狀況。如果我的推測沒錯，其實令尊也很不知所措。問題在於，他爲何這麼做？」

「聽起來，實相先生掌握了一些證據。」

註：科學搜查研究所的略稱。

「當然不會無憑無據，只是得請您耐心等結果出爐。」

浩二郎的目光轉向凸窗的桌面。

茶川拿混合發光胺與氧化劑的液體，噴灑整條桌巾後，出聲吩咐：

「佳菜，幫忙拉窗簾好嗎？浩二郎，幫忙關掉電燈。」

接著，他手持紫外線ＬＥＤ日光燈，擺好預備姿勢。

待佳菜子拉好窗簾，浩二郎便關掉房間入口的電燈。

一片漆黑中，只見茶川手上的日光燈浮現藍白色螢光。他把日光燈移向凸窗桌面。

「出現了，魯米諾反應。佳菜，幫忙錄影。浩二郎和赤城醫師一起來確認一下。有沒有看到發出白光的部分？」

「這是……？」壽一問道。

「應該是血跡，但不確定是不是人血。」

浩二郎打開電燈。變亮的瞬間，最先映入眼簾的是壽一的白衣。

「這個地方怎會有血跡？」

「雖然十分細微，但桌面有一處凹陷，殘留著血跡。」

「意思是，絹枝阿姨在這裡流血？」

「假使這是絹枝女士留下的，她很可能不是在客廳跌倒。」

「不過，也許是更久以前沾上的，不是嗎？」

「沒錯。只是，從久保見女士的描述判斷，這條桌巾被人掀起來擦拭的時間，應該是在今年元旦以後。擦拭的人把這條桌巾轉了半圈。」

「會不會是從元旦到跌倒之間的三天，絹枝阿姨不小心受傷，於是拿來擦拭？」

壽一在桌上做出擦拭的動作。

「絹枝女士非常喜歡這個圓形容器的痕跡，而且桌巾只轉一半也沒有意義。最重要的是，她根本不需要把整條桌巾掀起來。」

如果覺得很髒直接拿去洗，桌巾不會留下塵埃。浩二郎想起剛才撫摸桌巾時，指尖沾染的灰塵。

「茶川先生，桌巾的背面看得出什麼端倪嗎？」

「我正把攜帶式數位顯微鏡接上筆記型電腦。看來，材質應該是聚酯纖維。正面有聚氯乙烯塗層，但背面沒塗，損傷看得十分清楚。整條桌巾都有摩擦的痕跡，換句話說，是在承受壓力的狀況下被拖拉。」

茶川操作著約智慧型手機大小的攝影機，一邊看電腦螢幕。

「拉扯這條桌巾的力道應該相當大吧。」

「是啊，上面施加的壓力非常大，連聚脂纖維的結構都被破壞了。」

「茶川先生，上門框的部分也麻煩你。」

「沒問題，交給我。」

茶川隨即從提包取出可鑽進水管窺看的蛇管攝影機。這是一種前端能自由轉動的內視鏡。

「上門框？實相先生，這是怎麼回事？」

聽到這句話，壽一不禁倒抽一口氣。

「難道說，絹枝阿姨在這裡……」

壽一驚恐地低喃。

「什麼！」

佳菜子的驚呼傳入浩二郎耳中，他隨即解釋：

「沒錯，赤城醫師。我曾是京都府警的刑警，看過幾次自殺未遂者留下的繩痕。雖然我並未直接目睹絹枝女士的傷痕，但一聽到是從下顎到脖子的擦傷，心裡就有不好的預感。一開始，看到上門框的下方是榻榻米和下門框，木地板空間鋪有地毯，沒有會造成腰部骨折的硬物，以為是我多心了。然而，看到這張凸窗桌後，我恍然大悟。光靠薄薄的桌巾，沒辦法吸收衝力。」

浩二郎輕輕搖頭，望向上門框與桌巾。

「浩二郎，格窗上確認有繩索摩擦的痕跡。」

茶川大喊，將映出蛇管攝影機畫面的筆電螢幕，轉向浩二郎他們。

木格窗呈格子狀，最下方——也就是上門框的部分，清楚留下約五公分的磨擦痕跡。

「怎麼會這樣……」

壽一扶著額頭。

「上面附著纖維，我來採樣。」

茶川一手拿著小鑷子，另一手拿著塑膠袋，把藤椅當踏台，站上去查看木格窗。

他熟練地把塑膠袋放進提包，接著問壽一：

「被害人……啊，不對、不對，不好意思，做這種工作總讓我想到以前。那個……方便告訴我絹枝女士的身高和體重嗎？」

「身高一百五十二公分，體重應該是四十九公斤。」

「受傷的部位呢？」

「左側頭部、左側骨盤，還有下顎到脖子的擦傷。」

「謝謝。」

茶川把捲尺遞給佳菜子，要她測量上門框到下門框之間的高度，及上門框到凸窗桌的距離。接著，他把數據輸入放在榻榻米上的筆電。

「我模擬分析一下，請稍等。」

房內只剩下茶川敲鍵盤的聲響。

不一會，茶川開口報告：

「站上藤椅，把繩子穿過上門框，再掛上脖子、踢掉椅子，但右腳出力過大，失去平衡，逆時鐘旋轉一圈。接著，繩子鬆脫，身體往後方墜落，左側頭部撞到凸窗，左邊臀部撞擊牆壁和地板之間的位置。此時，後背一部分壓到桌巾，導致桌巾滑落。現場狀況與身體的傷痕沒有矛盾，幾乎可確定這裡就是受傷發生的現場。浩二郎，沒錯吧？」

「這樣啊。茶川先生，謝謝你。」

「可是，爲什麼……她應該過得很幸福。」

壽一懊悔地環顧房間。

「絹枝女士沒有戶籍，我們已告知久保見女士。」

浩二郎留意語調是否保持冷靜。

「沒有戶籍……」

「是的，這就是她沒去辦結婚登記的理由。」

浩二郎將佳菜子等人取得的情報，告訴壽一。

「這樣啊，沒有戶籍要怎麼生活……所以，她連銀行帳戶也沒有？學校……連上學也不行嗎？」

「恐怕是的。」

「不，不可能有這種事。她會讀報紙，而且從頭讀到尾，也很會算數。最重要的是，她擁有高明的經營手腕，看『鳥大將』就知道了吧？」

「這些技能想必不是在學校學的。不是跟某個人學習，就是自學。」

不用去學校，也可從報紙上學到文字用法與常識。雖然要付出非比尋常的努力，但靠這樣的方法學習成爲一流的人不少。學歷與頭腦好壞，完全是兩回事。

「我不相信。」

「從她身上的舊傷，可推測她沒有去醫療機關接受治療。畢竟她沒有健保卡。」

「噢，原來如此。難怪她有辦法忍受自己的手骨變成這樣的狀態。」

壽一點頭同意。

「換個角度來說，正因她一直忍耐，才能度過這麼多困難。」

「她幫助我們家的店成長到現今的規模。這麼拚命工作，好不容易捱到能安心享清福的時候，卻做出這樣的舉動……」

「您想得到她企圖自殺的理由嗎？」

浩二郎請所有人坐在榻榻米上。

「完全想不通。絹枝阿姨並未罹患重病，肺部有輕度發炎，但還不到會讓人尋死的程度。父親的身體也一樣，沒嚴重到瀕臨病危。假如絹枝阿姨沒發生意外，不，現在不能說意外了……那麼，他想必仍十分硬朗。」

「她的手痛呢？」

可能是長期的疼痛使絹枝精疲力盡，於是選擇一死了之。

「多痛只有本人才知道。但如果是這個原因，爸爸應該早就察覺，他很掛心絹枝阿姨的狀況。剛才你們說，沒有找到那條圍裙，對吧？」

「是的，沒有找到。」

「爲什麼爸爸說她穿著圍裙？」

「從圍裙失蹤這一點，可推測令尊發現絹枝女士昏倒在此，脖子上又纏著圍裙，認爲她把圍裙當繩子使用。」

壽士急忙把圍裙從絹枝脖子上解下，並從現場狀況判斷絹枝是上吊自殺。這時，首要之務就是搶救絹枝的性命。

「他衝去客廳按鈴通報，但下一瞬間，『自殺未遂』這四個字掠過腦海，讓他湧起隱瞞的衝動。於是，他回到房間，把絹枝女士移至客廳。」

「那他爲何要告訴急救人員圍裙的事？」

「脖子的擦傷太明顯，得編一個理由。正因事先想好說詞，才能毫不含糊地流暢敘述。至於爲什麼要銷毀圍裙，我就不清楚了。可能是圍裙當成繩子使用時血液附著的位置，無法合理說明跌倒的狀況吧。」

「剛確認她的舊傷並非父親施暴所致，卻又出現自殺疑雲。」

怎會這樣？壽一發出呻吟。

「赤城醫師，沒有得到令尊的允許就進入這個房間，就我們回憶偵探的工作算是特例。但這麼做，是因我知道令尊的證詞是假的，還想湮滅證據。另一個原因是，我們必須確認這是自殺未遂，還是殺人未遂。」

「殺人未遂！你是指，爸爸可能涉案？」

壽一的話聲變得激動。

「剛才的查證就是爲了釐清這一點。絹枝女士沒有戶籍、令尊說謊，背後都有理由。照理，我們只要直接向本人確認即可，很不幸地，目前兩人的狀況都不允許，因此有必要進行調查。抱歉，請暫時容忍我們這麼做。恕我直言，關於絹枝女士自殺未遂一事，無論是基於父子關係或醫師的身分，都請先當成不知道。」

浩二郎的語氣強硬。

「你是指，我不能問爸爸任何事？」

「你們交談的時候，我必須在場。」

「我不懂你的意思……」

「不久前，聽醫師說明令尊的情況得知，令尊在精神上受到相當大的打擊。如果沒辦法從眞相中提出足以讓他獲得救贖的材料，繼續追問只會將他逼入絕境。」

「爸爸的心情肯定一點也不輕鬆。想想看，自己的伴侶居然試圖自殺。」

壽一皺眉說，光是知道妻子企圖自殺，就足夠讓人精神錯亂了。

「這我瞭解，但直到令尊願意主動說出隱瞞絹枝女士自殺的理由爲止，希望你暫且不要提到這件事，否則會造成很大的負擔。」

「實相先生，你希望減輕我爸的負擔嗎？」

「不管絹枝女士過去有怎樣的人生，最重要的是她還活著，及她一路努力活下來的事實。然而，她卻企圖自殺。想找出她自殺的理由，必須挖掘出她過往的人生。」

「不交給你們，似乎也沒有別的辦法。」

壽一伸出右手。

「我們會盡力。」

浩二郎和壽一握手，問道：

「我們在久保見女士的陪同下，發現一個保險箱，希望獲得絹枝女士本人的允許，查看內容物。」

「我知道了，希望她會有回應。」

壽一嚴峻的表情慢慢消退。

「拜託了。」

浩二郎再次緊握壽一的手。

8

當晚的會議結束後，佳菜子在回家的途中打開手機，撥給因與贊助商有飯局無法回來開會的由美。

如她所料，電話轉接語音信箱。

「我是佳菜子。由美姊，妳今晚有空陪我嗎？」

她只留下這句話，便走進一家常去的超商。

由於她婉拒三千代的晚餐邀約，只好在超商買飯糰和沖泡式味噌湯。這陣子她沒時間採買，就算要自己做菜也沒食材。冰箱翻找一下或許勉強可湊出一餐，但今晚她一點也提不起勁。

看見住處大樓的玄關電燈時，手機鈴聲響起。直到去年她還在用《第九號交響曲》，現在已改爲坂本冬美唱的〈我依然愛戀著你〉的器樂演奏版。

「我也有話想對妳說，到我家聊吧？」

佳菜子一接起電話，由美劈頭就這麼表示。

「可以嗎？」

「不過，早熟小公主也在就是了。」

「由眞在沒關係啊，我完全沒問題。」

「好，就這麼決定。我正要搭計程車回家，大概二十分鐘後到。佳菜在哪裡？」

佳菜子回答在住處的大樓前。

「這樣啊，佳菜如果早到，我會叫那個任性小姑娘好好招待妳。」

「不好意思，麻煩了。」

「那就這樣啦。」

聽到由美的聲音，佳菜子不禁鬆一口氣。由美和三千代是不同類型的人，但只要兩人在身邊，就能帶給她安心感。

佳菜子經過大樓前面，向東轉後，在烏丸大道上攔下一輛計程車。

由美年底從住家大樓搬進一幢獨棟獨院的房子。據說是鎖定許久的目標，突然有機會用物超所值的價格入手。

路上空蕩蕩的，十分鐘左右就抵達由美家。

從府立植物園對面的馬路往北走約一分鐘，遇到的第一條巷弄內，一幢全白的雙層樓房就是由美的家。陡峭的紅色屋頂是最大的特徵，一目瞭然。由美第一次看到這幢房子，興奮地說像是蓋在雪國的家，但在不同世代的由眞眼裡，覺得太過顯眼，評價不高。由美沒有先和由眞商量，似乎踩到正值叛逆期的女兒的地雷。

佳菜子首度造訪時，不禁稱讚「好漂亮」，還拍了好幾張照片。

「佳菜姊姊，看到這個妳有什麼感想？」

佳菜子隨由眞走進客廳，剛往沙發一坐，由眞就指著充滿懷舊感的圓筒型暖爐問。

「之前好像沒有。」

佳菜子望著暖爐上方的熱水壺。

「明明有空調，也有燃氣暖風扇，她卻從古董店買了這個回來，說她其實最想要的是燒煤炭的暖爐，很奇怪吧？」

「我倒覺得挺可愛。」

「可是，這個頗臭，又不會馬上變暖和。最近媽媽常浪費錢。這幢房子也一樣，我覺得住原本的大樓就好啦。」

由眞把瓶裝奶茶倒在杯子裡，拿去微波爐加熱後，遞給佳菜子。

「謝謝。」

「搞得跟山上的小木屋一樣。」

由眞坐在沙發上，抬頭看天花板。

屋內裝潢走小木屋風，天花板很高，使用圓滾粗厚的原木當橫梁。

「她應該是想走鄉村風吧。」

「土斃了。」

由眞背靠沙發，腳往前伸。

「我覺得滿有個性。」

「個性太強容易惹人厭。不管怎樣，這個暖爐根本沒必要。總之，媽媽就是怪。佳菜姊姊知道爲什麼吧？」

由眞坐起身，露出老成的眼神，望著佳菜子。

「咦，我不知道。不喜歡演藝工作嗎？」

佳菜子摸不著頭緒。

「嗯，可能是原因之一啦。她也在硬撐。尤其是遇到晚上需要應酬的飯局，她那天的心情就會特別糟。」

由眞說，由美會不停發牢騷，一邊打拳擊球。

「由美姊把自己逼得這麼緊啊。」

由美看著客廳角落的紅色拳擊球，和放在下方的黑色拳擊手套。

她無法想像總是面露笑容的由美，站在拳擊球前的姿態。

「佳菜姊姊眞的不知道嗎？」

由眞手肘撐在桌上，湊近佳菜子。

「什麼？」

「實相叔叔。」

「實相大哥是原因？」

由眞說完，像反彈似地，仰身攤在沙發上。

她知道由美仰慕浩二郎，但不知道這會成爲她心情鬱悶的原因。

「當然，之前她還是會衝動購物、過量飲酒，但自從上次員工旅遊回來，就變得更怪了。」

「員工旅遊怎麼了嗎？」

她記得旅途中，總是和由美、三千代三人一起行動，似乎沒有特別不對勁的地方。

「我最近不是常去偵探社嗎？」

「三千代姊準備的點心很好吃吧。」

「我最喜歡和菓子，所以滿開心的。然後，我覺得不愧是實相叔叔的老婆，眞是溫柔。」

「由眞的媽媽也很溫柔喔。」

「唔……不太一樣。三千代阿姨是會在一旁靜靜守護的類型，媽媽是看不下去，老愛插手多管閒事的類型。」

「兩人個性不同，沒辦法。」

「可是，我覺得實相叔叔還是比較適合在一旁靜靜守護的類型。」

「欸，由眞，妳在說什麼？三千代姊本來就是實相大哥的太太，現在這樣就很好啊。」

「上個星期，我不小心聽到媽媽和雄高叔叔的通話。」

「本鄉？」

本鄉雄高是前年離職的回憶偵探社調查員。他立志成爲時代劇演員，從九州來到京都。但如今無線電視的時代劇逐漸退潮，這類的戲劇大量減少。雖然偶爾接到一些臨時演員的工作，仍無法餬口，所以兼差回憶偵探的工作。

沒想到，從事這份工作後，他被浩二郎的人格與工作內容吸引，逐漸把重心轉移到替人尋找回憶。神奇的是，正當他從任何角色都願意演的心態，轉為以調查工作優先，甚至決定將來要從事這行時，竟接到當大河劇男主角跟班的邀約。同時，儘管只是配角，最後他終於被選為大河劇的演員，正式踏上演員之路。

「目前他在演反派。」

「戰鬥突擊隊，對吧？」

佳菜子聽說雄高仍在演BS時代劇（註），主要的收入來源卻是飾演特攝片的反派。

「他也有演英雄的替身，不過反派角色從頭到尾都是自己上陣。他曾自嘲，由於都不用露臉，算是固定班底。」

「這樣啊，會不會容易受傷。」

「好像全身是傷。」

「本鄉本來就是滿會忍耐的人。」

佳菜子腦中浮現，強忍疼痛繼續拍片的雄高身影，只能暗暗祈禱他不要太勉強自己而受重傷。

「媽媽告訴雄高叔叔，她有意思的人卻對她沒意思，而追求她的盡是一些沒感覺的人。難得聽到媽媽說出喪氣話，然後，她就變得很焦躁。」

「不過，她對實相大哥的戀愛感情，一開始就知道是不被允許的，不是嗎？」

「所以啊，陷入熱戀的人就是不懂，活在自己的世界裡。」

由眞嘻嘻笑道。

「什麼，未免太過分了吧，由眞。」

「不行啦，沒有比禁忌的愛情燃燒得更旺的東西了。那個暖爐不是裝有透明的玻璃窗嗎？可以看到火燃燒的情形。她會盯著裡面的火，一邊喝酒。身爲她的女兒，看到她這副模樣都忍不住起雞皮疙瘩。」

由眞誇張地摩挲雙手，連動作都十分老成。

「還有……」

正當由眞想說下去的時候，玄關傳來由美響亮的聲音。

「佳菜，抱歉，大遲到。」

「打擾了。」

佳菜子對著尚未現身的由美說。

「佳菜姊姊，關於這個話題的後續，就留待下次啦。」

註：日本放送協會（NHK）BS衛星放送系統的電視節目。

由眞動作迅速，不發聲響地躲進二樓。

由眞提著袋子走進客廳。袋子上印著京都車站前某飯店的名稱。

「咦，由眞呢？」

由眞看著桌上的馬克杯問道。

「她招待我喝奶茶。」

佳菜子拿起杯子解釋。

「我明明吩咐她要端蛋糕出來。佳菜，吃過了嗎？」

「我買了飯糰，但還沒吃。」

「肚子餓了吧？我們一起吃。全是上等料理，不過一遇到需要應酬的場合，根本食不知味，一點胃口也沒有。妳等我一下。」

由美走進房間換上牛仔褲和休閒服，再穿上圍裙，走進廚房。約十五分鐘後，由美把生薑炒牛肉、青菜豆皮湯、玉子燒擺在桌上，隨後又端來九條蔥、豆腐味噌湯、醃漬白菜和白飯。

「久等了。」

由美遞筷子給佳菜子。

「好豐盛。嗯，由眞呢？」

「她在我媽那邊六點就吃過了，而且她不喜歡京都的家常菜。」

「是喔，我覺得很好吃。」

「算了，我似乎也有過這一段時期。京都的家常菜顏色比較單調，整體看來都是棕色食物。其他像是紅蘿蔔，雖然是紅色的，但不會大量使用，頂多就是蔥或菜葉的綠色，和雞蛋的黃色吧。那個小姑娘正著迷義大利料理。」

「伯母會做義大利菜啊。」

「好像還爲了這個吵架，所以我媽最近在網路上找菜單學著做。總之，叛逆期的女兒就是有些莫名其妙的堅持，不要跟她過不去就好了。」

由美拿起筷子，聳聳肩。

桌上都是合佳菜子胃口的清淡料理，非常美味。

「今天浩二郎大哥都和妳一起行動吧？」

由美準備餐後咖啡時，開口問道。

佳菜子懷疑由美在意浩二郎今天和她一起行動，不自然地瞄了由美一眼。

「咦，不是嗎？」

「不，我們一起行動沒錯，只是途中茶川先生過來幫忙，就變成三個人。啊，對了，由美知道這件事，是妳載茶川先生過來的。」

「佳菜，怎麼啦？是不是太累？今天發生什麼事了嗎？」

「由美不是也有話要說？」

「沒關係，先聽妳說。」

由美替佳菜子倒第二杯咖啡。

「今天，我們獲得允許，進入絹枝女士的房間。」

佳菜子完全不知道，浩二郎打一開始就對絹枝跌倒造成的傷起疑。

「從下巴到脖子的擦傷，不是跌倒造成，而是上吊自殺失敗時繩子拉扯造成。」

「想不到絹枝女士居然企圖自殺。」

「爲了從科學層面證實這個推論，浩二郎大哥找來茶川先生。」

「茶川先生雖然好色，但專業程度沒話說。」

茶川在機車後座直呼害怕，趁機緊抱由美的腰。由美笑說，不知道打了他手臂幾次。

「結果呢？」由美又問。

「可以確定的是，自殺未遂的現場，就在絹枝女士的房間。」

佳菜子從凸窗桌的凹痕和上門框的繩痕，說明茶川的模擬分析結果。

「這表示壽士說是在客廳跌倒的證詞，百分之百是謊言。」

「圍裙也是。」

佳菜子補充說明，到處都找不到圍裙。

「眞是的，沒有一句話是可信的。」

「實相大哥知道傷痕不是跌倒造成，於是改變調查方向，從絹枝女士的私人物品找尋她的過去。最後找到一只保險箱，絹枝女士曾交代，萬一她發生意外，就打開箱子。」

「一定是很重要的東西。」

「可是……」

「上了鎖？」

「沒錯，不過是三組密碼的轉盤式保險箱，實相大哥表示有方法打開。」

「這對浩二郎大哥來說輕而易舉。所以，裡面到底放了什麼？」

「嗯，畢竟是私人物品，還是希望得到當事人的允許再打開。」

他們在壽士的兒子——壽一醫師的陪同下去見絹枝，表達希望能打開保險箱。

「對方可是一句話都不肯說，完全不理人的病患耶。」

由美頗爲驚訝。

「是啊。從結論說起吧，絹枝女士突然變得狂暴起來，赤城醫師看不下去，只好指示停止會面。」

「『狂暴』大概是怎樣的情形？」

「實相大哥一問『可否讓我們看保險箱裡的東西』，她就發出尖叫，搶走保險箱，鑽進棉被不斷發出哀號。實相大哥對縮成一團的絹枝女士說：『我是尋找回憶的偵探。我明白這對妳很重要，但無論如何，我們一定要看裡面的東西。如果妳不願意，就告訴我們吧。讓我們分擔妳的痛苦。』」

「我知道浩二郎大哥的用意了，他想確認絹枝女士的認知功能有沒有問題。她認爲保險箱是自己的，存放著重要的東西，絕不可以給別人看。這表示她的記憶、意志和感情是一致的。」

「只是，後來……她躲在棉被裡，拿保險箱敲打自己的頭。」

「自殘行爲啊，難怪醫師會下令停止會面。」

由美嘆一口氣。

「我覺得好可怕，耳邊不斷傳來咚咚咚保險箱敲頭的聲響。八十五歲的老奶奶變得像小嬰兒一樣……」

佳菜子爲了掩飾鼻音，端起咖啡啜了一口。

佳菜子心想，由美以前當護理師的時候，應該也照顧過這樣的病患。年紀都老大不小了，還如此容易激動，讓人很想罵醒她，勸她不要這麼任性，甚至想直接把眞相全盤托出。雖然知道這麼做不妥，可是佳菜子覺得如果不這麼做，或許就無法再踏進絹枝的病房一步。

「保險箱呢？」

「赤城醫師和護理師聯手回收。」

「絹枝女士有沒有抵抗？」

「她有大叫，倒沒奮力抵抗。」

佳菜子回想才發現，絹枝似乎比想像中順從地放開保險箱。

「浩二郎大哥說了什麼嗎？」

「在回程的電車中，我想問他的意見，於是先試著開口『說沒想到絹枝女士居然會自殺』。但他只表示，接下來必須重新整理想法，擬定新的戰略才行。今天的會議上，也沒有多說。」

佳菜子前往茶川的工作室領回分析結果，然後將今天發生的事寫成詳細的報告。眞回來後，大家一起開會，浩二郎只確認其他案件的狀況。

「哦，沒要平井報告？」

「嗯。是關於『Pasonal Asia』研究所宮前所長的說明吧。實相大哥應該知道這件事。平井本來打算報告，但被實相大哥制止，似乎刻意避開與絹枝女士相關的所有事情。」

佳菜子老實說出感想。

「這就怪了。」

由美送茶川去雄琴社區時，大大抱怨眞的所作所爲。

「發生什麼事？」

「那位少爺和宮前所長意氣相投。」

「平井嗎？」

「他還靠過來跟我說，妳不是還有別的工作嗎？趕快去忙吧，幫忙介紹完就可以走了。」

由美狠狠把抹布甩在桌上。

就像由眞描述的，佳菜子從未看過如此焦躁的由美。

「眞是不敢相信。」

佳菜子機械性地回應。

「還有，這件事佳菜先知道比較好。從明天開始，那傢伙大概就會不顧一切地尋找personal song，反正就放手讓他去做。」

「絹枝女士或許是有意識地拒絕所有人。」

「至少保險箱一事就是如此。但有時病情會起起伏伏，也不能斷定她完全沒有失智症。」

「如果是失智症，personal song也有效嗎？」

佳菜子仍然無法完全相信音樂的力量。

「宮前所長認爲相當有希望。連那個專攻腦外科的少爺，都難得露出燦爛的笑容，認爲應該有效。」

由美冷言冷語地說。

「由美姊也這麼認爲，對吧？」

「是沒錯啦。不過，就算是人生過得最開心、最輝煌的時期聽的音樂，對一個企圖自殺的人來說，到底能產生多少作用，我也有點擔心。浩二郎大哥究竟想怎麼做呢？」

由美雙肘撐在桌上，臉頰放在掌心，似乎在遙望遠方。

「噢，我想問一個問題。跟絹枝女士接觸的時候，如果又發生相同的狀況怎麼辦？」

「注意機器螢幕上的心跳次數，超過一百二十就要緩和她的情緒。可以請絹枝女士中意的護理師，引導她做深呼吸。」

「我知道了。對了，忘記說今天最大的收穫。實相大哥交代我分析這些資料。」

佳菜子從包包拿出絹枝的筆記影本。

「這是詩嗎？」

由美翻著影印紙問道。

「應該是，據說是最近才開始寫。全是短詩，共有六篇。」

「我不太懂詩，不過，詩就是用文字表現人的內心世界，對嗎？」

「大概沒錯，但不代表詩所寫的就是事實吧？」

「也對，像是比喻什麼的。可是，這些詩是瞭解絹枝女士最好的文本。」

「所以，實相大哥才會要我分析吧。」

「好，那我們一起解讀吧。佳菜，今晚住下吧。」

「那多不好意思……」

佳菜子雖然這麼說，但她的確不想走寒冷的夜路回家。

「去泡個澡流流汗吧，我也想卸下這副面具。」

由美做出卸妝的動作，微笑著說。其實，她的妝一點也不濃。

「我洗好了。」

佳菜子洗完澡打聲招呼後，換由美走進浴室。

由美要她先去客廳旁的房間躺一會。西式房間內擺著榻榻米床架，尺寸爲六張榻榻大，床下約莫是用來當收納空間，床上已鋪好棉被。

佳菜子輕巧地坐在棉被上，忽然想起以前寄居的生活。

由美也是親切善良的女性，完全不輸給三千代。

佳菜子身上那套借來的睡衣超出她手腳的長度，讓她看起來像個稻草人。她把衣襬和褲腳往上折，擦完化妝水，便撲倒在床上。

她把枕邊的檯燈拉近，準備好詩的影本。

過了十分鐘左右，由美從浴室走出來，撲倒在佳菜子身旁的棉被上。

「好，我們從第一首看起。」

「要不要從最新的一首往回看。聽說，這是絹枝女士自殺未遂前兩天，元旦的晚上寫的。」

佳菜子從影本中拿出那首以「迷惘」起頭的詩，接著說：

「我覺得她的動機就隱藏在這首詩中。」

「迷惘。依然迷惘。明明就在眼前，卻抓不到。該再往前伸出手，還是縮手作罷？明明看得見，卻抓不到。沒有勇氣，所以抓不到。沒有勇氣，所以放棄。結果就是半吊子。什麼也沒得到。我想放下這顆心。從這裡——搆不到那裡。我依然迷惘。」

由美悅耳的嗓音念出詩句。

「『什麼也沒得到』，實在想不到這樣的詩，是出自住在那麼好的地方，悠閒自在地過生活的人之手。」

佳菜子向由美描述，從凸窗望出去的琵琶湖美景。

「光是看佳菜拍的照片就覺得是景觀絕佳的房間，而且還附溫泉。這是人家辛苦工作打拚得來的，沒什麼好眼紅，不過確實是令人羨慕的養老生活。」

「可是，絹枝女士似乎並未感到滿足。」

「她應該有其他希求的事物吧。我對『我想放下這顆心』這一句特別感興趣。」

「放下這顆心，就是忘記的意思吧。」

佳菜子的手放在胸口，倏地往由美的方向做出解放的動作。

「也可能是想消除芥蒂。要消除芥蒂，就先要抓住芥蒂，然後丟掉，大概是這種感覺吧。」

「『從這裡——搆不到那裡』，『那裡』指的就是芥蒂的所在之處嗎？」

「可是，要不要伸出手，她依然覺得迷惘。這個迷惘促使她自殺未遂，是長年隱瞞無戶籍這件事嗎？可是，他們都一起生活了二十八年，即使不知道對方的過去，應該也建立相當穩固的信賴關係。還是，她正迷惘要不要向對方坦承沒有戶籍？但壽士先生得知後，大概只會說『這樣啊，辛苦妳了』而已吧。」

由美認為，和絹枝女士的功勞相比，「無戶籍」這個事實簡直微不足道。

佳菜子有同感。不管是什麼芥蒂，也不至於會企圖自殺。話說回來，很難想像比「無戶籍」更大的芥蒂。

「我們再看看前面的詩吧。」

這次換佳菜子朗讀。

「幸，不幸。行走於薄冰，快步走。在我的體溫熱度傳向冰之前。一步，又一步。在我的心跳鼓動震出微小裂縫之前。在我的汗水、眼淚落下之前。下方是不幸，上方是幸福，我還在冰上。」

「雖然不清楚這是描述在哪個時間點的心情，但應該是訴說過去的人生沒錯。懷著祕密，快步通過。光從現在掌握的情報來看，她已從下關到岡山，再移動到大阪、滋賀。」

「聽說，她最想住的地方是京都。」

佳菜子說出從壽子口中得知的事。

「京都啊，有沒有出現在詩裡？」

「有，只有一次。」
佳菜子翻著紙本，抽出其中一張。

罪行累累。
那個罪，這個罪，都是罪。
遙想京都町的阿清與龜松，
京都帝大的法學士與陪葬的女人，
都染上莫名的病，
踏上前往名勝的旅途。
這個報應、那個報應，全是報應。
總有一天會報應在我身上。
逃出無福可言的城市，
逃離夢想之家，
漂流至吃到破產的城市，從桃色到象牙色。
再也不會得那種病了，
我的心如鐵石。
希望不會遭到報應——

「京都町的阿清與龜松，寫得眞具體。這兩個名字，聽起來就像江戶時代的戀人或夫妻。不，應該是有不倫關係的情侶。」

「眞的耶。這首詩也充滿負面情緒，又是罪又是報應的。由美姊，妳覺得這個『莫名的病』是什麼意思？」

「把京大稱爲『帝大』，要是我記得沒錯，應該是到昭和二十二年爲止。那個時期的流行病大概就是肺病，會不會是肺結核？」

「沒想到由美姊知道這麼多關於帝大的事。啊，妳以前是K大醫院的護理師。」

「那個時候，我們醫院裡還有帝大畢業的醫生喔。」

由美望著天花板回想。

「意思就是，至少是在昭和二十二年，也就是一九四七年前的某個學生與陪葬的女人？」

「很像是戲劇裡的登場角色，有種大正時代浪漫劇的味道。染上肺結核，踏上旅途，一場以悲劇收場的戀愛。可是，『踏上前往名勝的旅途』有點奇怪，是不是想寫冥界。」

「不，這兩個字差太多。」

佳菜子會寫書法，即使從鉛筆字跡也看得出書寫者的運筆。「名勝」是一氣呵成，連「勝」的最後一筆都沒鬆懈，透著一股自信。

「那麼，會不會是染上疾病死亡？還是，單純的旅行？但這樣和『這個報應，那個報應』合不起來。」

「吃到破產的城市，指的應該是大阪吧。」

「大阪啊，之前是在岡山……佳菜，從桃色到象牙色，表面是描述顏色，會不會其實是店名？她在岡山的時候，是在『Peach & Peach』工作，所以是桃色，而在吃到破產的城市，也就是大阪，會不會有一間叫『象牙色』的店？」

由美又翻過身來趴著說。

「妳的意思是，她從岡山換到大阪工作的店，店名恰巧也與顏色有關，才會放進詩裡？」

佳菜子拿出粉紅色的麥克筆，分別在「京都町」、「京都帝大的法學士」、「都染上莫名的病，踏上前往名勝的旅途」、「漂流至吃到破產的城市」、「從桃色到象牙色」旁邊畫線。

「佳菜，假如吃到破產的城市是大阪，那福（fuku）指的就是下關，尤其是做生意的人會把河豚（fugu）的濁音拿掉，念成fuku。」（註）

「『夢想之家』，毫無疑問就是與善藏先生一起生活的家吧。」

註：下關的名產即為河豚。

絹枝以詩來表現她的人生足跡。

「我知道浩二郎大哥請佳菜分析這些詩的用意了。」

由美猛然起身，坐在棉被上。

「這些詩濃縮了絹枝女士八十五年來的人生回憶。解讀這些詩，等於在爬梳絹枝女士的過去，浩二郎大哥一定是這麼想的。」

「可是，她爲什麼要把回憶寫成詩？」

佳菜子也坐起身。

「我們剛才只讀三首，便處處感受到死亡的陰影。她一直努力與死亡的誘惑奮戰，直到上個月的三日，她的忍耐終於到達臨界點。」

佳菜子再次翻開最後一首詩。

「沒有勇氣，所以抓不到。沒有勇氣，所以放棄。」

這意味著，她沒有自殺的勇氣嗎？

佳菜子瞥見枕頭旁的鬧鐘，凌晨一點多。

「由美姊，我明天再更深入挖掘這些詩的意義。」

「時間差不多了。我手上有其他案子，再加上電視台要錄製四月的節目，會愈來愈忙碌，可能不太能幫妳了。」

「我會努力，今天眞的很感謝。」

「其實我超想睡的，晚安。」

由美一說完，就把羽絨棉被蓋在身上躺平。

佳菜子輕輕道聲「晚安」，關掉檯燈。

9

隔天早晨，佳菜子搭由美的機車到偵探社上班後，向大家報告昨晚和由美分析的結果。

「很有意思。這些詩裡隱藏的情報，不亞於第一手的證詞。」

浩二郎開心地稱讚。

「我會盡全力分析絹枝女士的詩。」

佳菜子好久沒能像這樣抬頭挺胸說話。

「拜託妳了。不過，我明天就要出差，這兩天妳和平井一起行動。」

「我一個人也沒問題。」

「我不是擔心妳，而是平井對絹枝女士的案子頗感興趣。平井也是充滿幹勁，對吧？」

眞戴著耳機，完全在狀況外。浩二郎看著他。

「什麼？」

眞察覺浩二郎的目光，像受到打擾般拔下耳機。

「絹枝女士的案子，你也有興趣吧。」

浩二郎再次向他確認道。

「當然啊，就像剛才我跟你說的，這是一個劃時代的方法。」

看來，眞已跟浩二郎談過personal song的事。

「佳菜也聽由美提過吧？昨天，平井聽了宮前響子所長的講解，似乎受到很大的啓發。」

浩二郎又瞥了仍在聽音樂的眞一眼。

「我有點訝異事情會演變成這樣。」

立刻要前往電視台、連騎士裝都沒脫下的由美，插腰歪著頭說。

「佳菜，妳就試試音樂的力量吧。」

「一定要一起行動嗎？」

「這是爲了避免他失控。」

「我明白了。」

浩二郎有些擔憂，缺乏詩心的眞，能理解佳菜子做的分析嗎？

「案名決定了嗎？」

「本來腦中浮現許多備案，但都不太適合。後來，在讀詩的時候想到一個案名，叫『書寫沉默之詩的女人』，大家覺得如何？」

「一語不發的絹枝女士寫的詩，是我們目前最大的線索，我認爲滿好的。」

「我也贊成。」

由美舉起手，隨即從辦公桌面拿一張便條紙，寫上案名後湊到眞的臉附近，幾乎快貼上去。

眞張開眼睛，看到便條紙，急忙說：

「沒有異議。」

「三千代姊呢？」佳菜子問。

「我覺得很棒，佳菜很有品味。」三千代笑答。

「好，就這麼決定。」

浩二郎在白板上寫下〈書寫沉默之詩的女人〉。

案名眞的十分不可思議。明明是宛如陷入五里霧中，連方向都搞不清楚的案子，有了案名後，彷彿遠方出現一個指標，有種霧氣稍微散開的感覺。

佳菜子看著浩二郎寫的文字，深深吐出一口氣。

佳菜子告訴眞，首先要找有沒有一家叫「象牙色」的酒吧。

「比起這個，我更想針對絹枝女士的青春時代，也就是一九四一年到五八年之間，電台播放的樂曲做一個整理。」

「如果是平井一定能同時進行，拜託你了。」

佳菜子沒有太大的反應，她早料到眞不會乖乖聽話。

她暫且不理會眞，拿起電話打到「波克」找美鈴，詢問她對「象牙色」這個名稱有沒有印象。

「您對『象牙色』這個名字或許會有印象……」

美鈴發出搜尋記憶的低吟。

「這首詩寫著『漂流至吃到破產的城市，從桃色到象牙色』。」

爲了幫助美鈴回想，佳菜子把〈罪行累累〉這首詩，從頭讀到這一句爲止。

「這是絹枝姊寫的嗎？」

「是的。」

「我的天啊……對不起，我很驚訝。我知道她喜歡閱讀，但不知道還會寫詩。只是，這詩讀起來有點毛毛的。」

「『象牙色』應該是店名。」

「哦，沒錯。我想起來了，我聽媽媽桑提過。」

決定離開善藏的絹枝，曾告訴「Peach & Peach」的老闆娘，她要去關西。於是，媽媽桑跟絹枝說，她的前夫在大阪也開了一間這樣的店，提議絹枝去投靠一陣子。

戰後的田町，只要稍微離開車站附近，到處都是黑市攤販。媽媽桑從違法的簡陋小店一路打拚出一間生意興隆的酒吧，她知道絹枝是出外打拚的人，生活一定很艱苦，於是提出這個點子。美鈴說，媽媽桑其實不希望絹枝離開。

「媽媽桑知道絹枝女士沒有戶籍，相當替她擔心吧。」

佳菜子想像著這個重人情的媽媽桑的心境。

「或許是這樣，媽媽桑十分爲人著想。聽說最後一天的中午，絹枝姊曾來向媽媽桑道別，大概是不想和我見面吧。媽媽桑提到，她替絹枝姊介紹了一間叫『象牙色』的店，不知道後來如何。」

「多虧您回想起來。」

「後來，我們聊起象牙色到底是怎樣的顏色，媽媽桑只曉得很像白色。啊啊，眞懷念，忽然連媽媽桑嘶啞的嗓音都浮現腦海。」

「您知道那間叫『象牙色』的店，位於大阪的哪裡嗎？」

「這我就不知道了。」

「媽媽桑仍健在嗎？」

「不，七年前就已去世。」

「她有子女嗎？」

「有一個兒子在東京，我知道地址。」

媽媽桑直到去世都住在岡山市內。有時她會到「波克」作客，一直和美鈴保持往來。媽媽桑去世的時候，美鈴在喪禮上和她兒子交換過名片。

「她兒子只要回老家整理東西之類的，就會順道來我的店。妳聽過東京的汽車用品店『輪胎丸一』嗎？」

「看過電視廣告。」

「他是那家公司的專務董事，叫吉津一誠。」

美鈴停頓一會，看著名片，說明對方名字的漢字，及公司的地址和聯絡電話。

「這支電話可以直接找到本人。啊！」

美鈴高呼一聲，突然沉默下來。

「怎麼了嗎？」

佳菜子擔心美鈴的身體出狀況，畢竟是年近八十的高齡者。

「之前和你們見面的時候，提到音樂的事吧。」

美鈴的聲音沒什麼異狀。

「是的，我問過您，絹枝女士有沒有喜歡或平常會哼唱的曲子。」

「剛才妳念的詩中，出現在什麼町中的阿清與龜松吧？」

美鈴探詢道。

「是的，京都町的阿清與龜松。」

「是不是京都我不記得了，不過……」

美鈴歪著頭思索。

「您聽過阿清與龜松嗎？」

「眞是不可思議。回想起一件事後，當時的記憶就接二連三甦醒。最近發生的事情反倒一件也記不得。絹枝姊哼歌的時候，曾唱出這兩個名字。『阿清』與『龜松』聽起來有點滑稽，我暗暗想著，這是什麼啊？」

她本來想問絹枝這是什麼意思，後來卻忘了問。

「哼歌？所以，應該是歌詞中出現『阿清』與『龜松』的曲子吧？」

絹枝借用歌詞的一部分，放入自己的詩中。

「那是一首節奏輕快，歌詞像在繞口令的民謠，所以大部分的歌詞都聽不懂。」

「那麼，『京都帝大的法學士』與『陪葬的女人』呢？」

「唔……沒有印象。」

「『罪行累累』和『報應』呢？」

「沒有，這麼可怕的字眼，大概聽過一次就會印象深刻。不過，『阿清』與『龜松』我確定聽過。」

美鈴說，眞是不好意思，沒幫上忙。

「哪裡的話，光是知道詩的一部分和歌詞有關，就是相當重大的線索了，實在很感謝您的幫忙。」

佳菜子一掛斷電話，眞馬上接著說：

「妳們似乎聊得挺熱絡。『象牙色』的確是店名，但我查到的都是飯店和美容業相關的店，找不到與酒吧、俱樂部相關的店。不過，這只是網路搜尋範圍內的情況。」

「這樣啊，有可能關店了吧。」

佳菜子把從美鈴口中得到的情報告訴眞。

「聽說，戰後那段時期，人心變得很頹廢，但也有這樣的好人。」

「一定還是有許多人願意幫助別人。」

「總之，什麼人都有。」

眞伸伸懶腰，轉個脖子。

「既然『象牙色』就是吉津媽媽桑介紹的店，我想直接找她兒子談談。」

接起直通電話的是一名女祕書。

事出突然，佳菜子很難說清楚來龍去脈，最後不得不搬出美鈴的大名。

「您就說，是倉敷『波克』的三宅美鈴女士介紹的。」

「請稍等。」

對方按下保留鍵後，聽筒傳來莫札特的樂曲。

等了五分鐘……或許更久，音樂終於切斷。

「讓您久等了，我是吉津。不好意思，我先打電話向三宅阿姨確認，所以那麼久才接。」

「這樣啊。」

佳菜子心想，給美鈴添麻煩了。

「事情我大致從三宅阿姨那裡聽說了。阿姨以前的朋友生病了是嗎？『象牙色』是父親以前經營的酒吧，二十五年前父親去世，就收起來了。」

「象牙色」停止營業的時間點，是絹枝與壽士同居的三年後。

「還有人知道這間店的事嗎？」

「這個嘛……我們公司有一名姓鈴木的男士，曾在『象牙色』打工。」

店倒閉後，這名男士拜託在「輪胎丸一」工作的一誠介紹，上東京討生活。

那年，一誠三十六歲，鈴木二十八歲。

「這家公司能擴展到今天的規模，鈴木功不可沒，是寶貴的人才。他是阪大出身，非常優秀，二十歲時在『象牙色』工作，如果碰巧曾和那位女士共事，或許知道些什麼。現在他是我們的營業部長。妳不妨打我們公司的電話，轉分機五五六就能找到他。這樣可以嗎？」

「百忙之中叨擾，眞不好意思。非常感謝你。」

佳菜子掛斷電話後，立刻打電話向美鈴賠罪，並謝謝她的幫忙。

10

佳菜子正在搭乘新幹線。眞坐在她的旁邊，專心聽著音樂播放器裡的歌曲。

跟鈴木許取得聯繫後，對方表示和絹枝熟識。佳菜子希望立刻前往東京聽他細述，但不巧明後天他預定要和愛知縣的汽車大廠人員開會，又說如果是明天的白天，或許可以趁空檔見面。

又遇見一個認識絹枝的人。

「平井，你埋頭這樣聽也不是辦法吧？」

佳菜子想分散緊張的心情，於是在眞的耳邊說道。

半晌後，眞才不甘願地拿下耳機，關掉播放器。接著，他對佳菜子說：

「記得之前我提過的電痙攣療法嗎？」

「爲什麼突然說這個？」

「這是刺激大腦的方法啊，治療精神疾病的方法之一。雖然不到外科手術的程度，但侵入性還是太高，對患者的負擔很大。」

「你是指，使用音樂就沒有這樣的困擾？這我也知道，而且我還知道一聽到音樂，就會瞬間被帶回那個時代，但對絹枝女士有效嗎？就算你再怎麼聽……」

佳菜子望向眞手上的播放器。

「關於效果，我看過響子老師的錄影帶，內容實在驚人，有數不清的神奇案例。再加上響子老師的人格……呃，這先不談，總之是非常有趣的實驗。」

「你還眞老實。」

跟由美擔心的情況相反，眞很輕易就接受personal song的想法，還直呼宮前所長的名諱。

「我很敬佩她對醫學的嚴謹態度。確實，現在缺乏證據，所以我自己也感到困惑，怎會對響子老師的想法有那麼大的共鳴。」

「共鳴嗎？宮前所長幾歲？」

「這種事我怎麼知道？我又不像妳有奇怪的情結。」

「你說什麼情結？」

佳菜子知道眞是在揶揄澤井的事。

「其實，我純粹是基於學術上的興趣，但光是個人的興趣缺乏說服力，才會自行做實驗，觀察音樂會對我的大腦產生什麼作用？」

「你在找自己的personal song？之前，你不是說要整理出絹枝女士可能聽過的音樂嗎？」

「那種東西一下就做好啦了。」

眞似乎有些鄙視地瞇起眼，看著佳菜子。

「那你爲什麼不跟我說？這種狀況不應該先告知一下嗎？」

「畢竟要聽音樂的是絹枝女士，妳聽也沒用吧。」

「是嗎？好吧，那就請你回到純眞的孩童時代神遊吧。」

佳菜子面向窗外。若是以前留長髮，轉頭的時候髮尾想必會甩到眞的臉上，佳菜子有點後悔剪短。

「實在是不可思議。」

聽到眞的喃喃自語，佳菜子又轉頭看他。

眞直盯著坐在前方座位的男士後腦勺。

佳菜子受到他認眞的表情吸引，忍不住問：

「怎麼了？」

「找不到勾起我快樂或光榮回憶的曲子，相反地，痛苦、辛苦的時期聽的曲子卻接二連三浮現……」

眞凝視著前方一點。

「所以，音樂也會讓人想起厭惡的經驗嗎？」

「以前我在當住院醫師的時候，曾累到病倒。」

「住院醫師？」

「拿到醫師執照後，必須到去臨床實習指定醫院實習兩年。這段期間，除了自身的專長——就我來說是腦外科，其他領域也需要歷練。但沒有指導醫師在旁，不能擅自進行治療。所以，如果沒有遇到好的指導醫師，大多時候都會要我處理各種雜務，每天的生活宛如地獄。雖然很辛苦，但沒有這段經歷就不能進入第三年的專科實習。」

原本不太擅長溝通的眞，在實習當初就和指導醫師處不來。從早到晚他都有做不完的雜務，像是巡房、見習與協助診察門診患者，進行治療處置與協助手術、參加關於治療方針的會議，還要製作和整理龐大的病歷表。

「我有一陣子沒好好睡也沒好好吃，疲累到隨時犯錯也不奇怪的程度，突然在通宵未眠的早晨聽到葛利格的《晨歌》。這是院內早上八點會放的背景音樂。毫無疑問，這是一首是非常適合早晨聽的曲子，但我不喜歡。應該說，我從未認眞聆聽。就是那種太理所當然，還沒聽就覺得膩的曲子。」

眞難得滔滔不絕地說道。

「像以前放學會播放的，德弗札克的交響曲《來自新世界》之類的？」

「沒錯，或是店家要打烊時會播放〈螢之光〉一樣。但在我體力和精神都透支的時候，恰恰傳來《晨歌》的旋律……不知怎麼，眼淚嘩啦啦地流出來，大概我已瀕臨崩潰。」

「眞是辛苦你了，平井。」

「之後，我開始發燒，出現黃疸。那種疲憊感，好似身體細胞不斷融化，被地板吸進去一樣，實在不想再經歷第二次。若是問我，悲傷記憶的背景音樂是什麼？我腦中唯一浮現的就是《晨歌》。」

「你剛才就是在聽《晨歌》嗎？」

佳菜子再次注視著音樂播放器。

「嗯，鼓起勇氣。」

眞形容心情宛如參加試膽大會，隻身前往最害怕的地方，找回遺落的物品。

雖然層次不同，但聽在佳菜子耳中，這和雙親遭到殺害後，身爲第一發現者，她被迫回到現場協助調查的恐懼十分相似。不知爲何，走回原路的恐懼感，遠遠大於第一次走的時候。

「你剛才說不可思議，是聽完《晨歌》的感想嗎？」

「沒錯，和預想中一樣，疲倦、想吐，及想逃離的心情又鮮明地復甦。回過神來，才發現流下黏膩的汗水……實在是令人厭惡的曲子。」

「果然如此。」

音樂也有可怕的一面。連不好的回憶都會一併被帶出來，或許就是音樂的副作用。

「不過，這不是預料中的情況嗎？」

佳菜子不明白，爲何眞對理所當然的結果感到不可思議。

「我覺得這是相對性的感受。」

「咦，相對性？請說得淺白一點。」

「我已離開醫學現場。換句話說，遠離進行手術的緊張，以及和患者溝通的不安。別誤會，我不是指現在很輕鬆，硬要說的話，大概是很開心吧。」

「不就是自己的心情嗎？怎麼還用『大概』，老老實實地說『很開心』不就好了。」

佳菜子知道自己一定露出高興的表情，於是刻意壓抑嘴角。

「我也不清楚。但可以肯定的是，我現在完全不像當時那般痛苦。所以，該怎麼說呢，不由得懷念起當時疲憊的狀態，想著自己眞不簡單，居然能撐過那段時期，是一種憐惜的感覺。」

「憐惜，是指自己嗎？」

「包括自己，還有那段時間。這麼一想，我突然覺得《晨歌》這首曲子充滿朝氣。一開始聽到的時候，明明十分厭惡。」

「的確相當不可思議。」

「對於人類，我們仍有太多不瞭解的地方。」

「連身爲醫師的你都這麼說……平井今天很不一樣呢。」

「所以，我才無法下定決心重新當醫師。我秉持證據至上主義，認爲沒有論據、確證的治療全是邪門歪道。但當我聽到做過氣切手術，應該早就發不出聲音的女士的歌聲，不禁感嘆人的潛力眞是實在不可限量。統計學上只有百分之一的可能性，有時會提高到百分之九十，不，甚至是百分之百。而我們這次要用音樂改善失智症的症狀。」

眞布滿血絲的雙眸看著佳菜子。

「於是，你打算找出絹枝女士的personal song?」

「我的大腦明顯受到《晨歌》的刺激。聲音，不，應該說旋律，傳到鼓膜的聽覺神經後被轉換成電子訊號，傳送到大腦。這個訊號會把藏在腦中的，關於視覺、嗅覺、味覺、觸覺等最強烈的記憶拉出來。雖然微弱，卻能和電痙攣療法一樣造成刺激。」

「你的意思是，儘管不容易，還是能期待發揮效果嗎？」

「嗯，可以這麼說。重要的是，不是只有在順心、開心的時候聽到的曲子，才能成爲personal song。」

「這樣搜尋範圍會比較有彈性，如果知道絹枝女士哼的是什麼歌就好了。」

只要歌詞裡出現「京都町」或「龜松」，應該就是讓她留下深刻印象，進而寫成詩的那首曲子。

「那首歌就能刺激她的記憶了吧。」

聽完眞的話，佳菜子決定相信personal song的力量。

此時，透過新幹線的車窗，已看得到名古屋車站的月台。

約定的時間是下午一點，地點在JR名古屋的高島屋百貨五十一樓的咖啡廳。三人抵達可瞭望全市的窗邊座位，互相交換名片。

鈴木未來夫，五十多歲，身材修長，有著一頭斑駁白髮，髮量豐厚。黑框眼鏡和粗眉的搭配很像佳菜子的書法老師。一想起老師嚴格的指導，佳菜子表情頓時變得僵硬。

「貿然提出邀約，真是不好意思。」

佳菜子的話聲有些急促緊張。

「實在太巧，不用勞煩你們特地跑一趟東京。」

鈴木微笑說完，幾乎和所有人的反應一樣，對回憶偵探的工作感到訝異。

由於打算邊談邊吃，三人都點了一樣的義大利麵套餐。

「石原女士的身體狀況如何？」

鈴木手放在眼鏡的鏡架上，調整鏡片的位置，一邊看著佳菜子。

「石原……啊，就是絹枝女士的舊姓吧，抱歉。目前她沒有性命危險，但幾乎臥床不起。」

「這樣啊。吉津專務董事和我聯絡時，許多回憶浮上心頭，真令人懷念，希望她快點康復。」

「其實，絹枝女士對家人絕口不提過去的人生，所以……」

「所以你們找到我這裡來，不愧是回憶偵探。」

「我來補充一下。」眞開口道。

「好的。」

「由於她在家裡發生意外，頭部遭到強烈撞擊，目前臥病不起。再加上，她年事已高，記憶模糊，可能連認知功能也出現問題。過去有些案例顯示，病人可藉由回憶過去改善認知功能。」

「回憶也能當成治療的一環啊。所以，你們才找我協助調查石原女士……不好意思，我是指絹枝女士，她的過去嗎？」

鈴木說話時頻頻點頭。

「在『象牙色』時的絹枝女士，是怎樣的人？」佳菜子問。

「算是眾人尊敬的大姊頭吧。很多人會找她商量，我也曾受到她的幫助。」

當時，鈴木曾和一個女生交往，但不是太認眞。沒想到，那個女生認識一個反社會性組織的男人，跑來要錢。這時，幫忙出面去和對方談判的，正是絹枝。

「絹枝女士……」

無論是虛弱地躺在床上的女人、爲繼子準備愛心便當的溫柔母親，或因無法生產自行退出的妻子，當時絹枝的形象與現在相差甚遠。

「她非常沉著冷靜。那個男人衝進店裡，威嚇我付和解費的時候，我的膝蓋一直發抖，實在丟臉。」

鈴木苦澀地搖頭。

這時，服務生端來裝著義大利麵的白色盤子。

佳菜子想知道絹枝怎麼面對當時的狀況，等服務生把盤子放到三人面前後，她繼續追問：

「絹枝女士怎麼處理？」

鈴木拆開濕紙巾包裝，仔細擦著手，一邊回答：

「絹枝女士威脅對方，表示要跟他隸屬的組織的老大談。沒想到，那個男人的態度突然一百八十度大轉變。他設下仙人跳的局，似乎沒有經過組織的同意。」

身處燈紅酒綠的世界，管理這一帶的組織老大是怎樣的人，絹枝一清二楚。她心裡有數，這個老大絕不會對收取保護費的店家員工設下仙人跳的局。她吐出組織老大的名字，放話說要跟他確認，態度非常堅毅。

「眞有膽量。」

「『象牙色』的店長也佩服她的膽量與機智。這一定是從許多慘烈的經驗歷練出來的。記得她跟我說，畢竟我們這些大人都經歷過戰爭啊。但我想不通，我只是一個打工的，爲什麼要替我做到這個地步。妳知道她說什麼嗎？」

佳菜子搖搖頭。

「正因沒有任何身分背景，反倒能看清楚你這個人——她看出我的本質，覺得我本性不壞。假如我有一些奇怪的頭銜，會干擾她做出判斷。」

「她認爲鈴木先生是好人。」

「聽到她這麼說，我好高興。絹枝女士是我的恩人。」

「這個故事凸顯出絹枝女士的人格。」

絹枝似乎還有更多不爲人知的一面。

「您和絹枝女士一起工作，是從昭和幾年開始？」佳菜子問。

「昭和五十三年到五十五年，就兩年。不過，我一直做到昭和六十一年酒吧倒閉才離開。」

「只有兩年嗎？」

「是的，怎麼了嗎？」

「沒有，只是我們問過，絹枝女士開始到現在的丈夫店裡幫忙，是在昭和五十八年左右。換句話說，她離開『象牙色』後，有三年的空白時間。」

當時絹枝五十三歲，開始去壽士的烏龍麵店「久屋」吃飯。壽子說她是常客，但那段時間她到底靠什麼生活？

「她在『象牙色』工作二十二年，您知道她跟哪些人比較要好嗎？」

「她和店裡的小女生年齡差距頗大，交情都不到朋友的程度。如果和特定的人感情好，可能會引起女生之間的嫉妒。正因她對誰都保持一定的距離，才能把大家凝聚起來。」

「原來如此。那她爲什麼要辭掉工作呢？」

「辭掉工作的理由啊……」

鈴木放下叉子，喝口水，深呼吸後繼續道：

「當時店長準備在鶴橋開一間以家庭爲對象的燒烤店，打算把『象牙色』交給絹枝女士管理。」

「這樣一來，絹枝女士不就成爲『象牙色』的店長？聽起來不是壞事，爲什麼最後會辭掉工作？」

佳菜子也喝口水。

「她自認沒有資格當店長。」

「怎麼會……？」

佳菜子猜想，絹枝應該是指自己沒有戶籍。

「另一個原因，是有人請她到別家店幫忙。」

「別家店？也是酒吧嗎？」

「是的，我找大學同學去喝過幾次。」

鈴木說，店名叫「MIYAKO」，位於曾根崎的住商混合大樓三樓最裡面，是一間約莫

十二、三人進去就客滿的小店，由兩位女性服務。

「那家店是一對母女在經營，絹枝女士想去幫忙。」

「可是，聽說她在大阪沒有認識的朋友。」

「她們十分要好喔。」

「絹枝女士會去找她們？」

「雖然幫忙過外場，主要是給她們一些廚房和經營上的建議。」

「她和那對母女在哪裡認識的？」

「似乎是在某場募款活動上認識的。」

「募款活動？」

「是的，她們把募款金送到某個地方的市政府。絹枝女士剛來大阪，在『象牙色』工作沒多久，那位母親就來募款，絹枝女士贊同她的想法，表示要幫她的忙。從那時開始，她們往來了二十年吧。但那位母親後來罹患肺病，不能進店裡工作，於是拜託絹枝女士訓練她女兒直到能夠獨立經營爲止。」

據說，「MIYAKO」的媽媽桑和絹枝同年紀。

「女兒叫琉璃，是花名。絹枝女士提過，以琉璃的年紀，當她的小孩也不爲過。」

鈴木補充，當時琉璃應該是二十二、三歲左右。

「媽媽桑的名字是……？」

「我知道她姓岡田。前一年職棒阪神虎隊的選秀第一指名恰巧是岡田彰布，記得我們還聊到這件事。」

鈴木笑說自己是道地的阪神球迷。

「那家店還在嗎？」

「變成別家店了。」

鈴木十年前到大阪出差時，曾回去一趟，發現店名已更改。

「請告訴我地址。」

鈴木口頭告訴佳菜子，從梅田車站出來後的路線。佳菜子拿筆記下，一旁的眞拿出筆電，點開地圖確認位置。

「我知道在哪裡了。」眞對佳菜子說。

「我會去詢問現在的老闆對『MIYAKO』的岡田女士有沒有印象。另外，鈴木先生和絹枝女士聊過與下關有關的話題嗎？」

「下關？沒有耶。我知道她是從岡山來到大阪，問過她在岡山的生活，但她總是惜字如金，給大家一種『拜託不要再問』的感覺。她會認眞聽我說話，但不太談論自己。所以，我能理解她家人的煩惱。」

說完，鈴木吸了一口義大利麵。

佳菜子和眞也吃起麵。

鈴木把麵吃完，請服務生上餐後咖啡後，突然想到什麼似地開口：

「絹枝女士離開，『象牙色』的損失很大。單就結果來看，如果絹枝女士還在，即使店長去世，『象牙色』應該能存續下去。絹枝女士一走，其他女孩便鳥獸散似地跳槽到其他店，導致生意愈來愈慘淡。」

這代表絹枝也曾在這裡發揮經營的本領。

「不好意思，請教一個奇怪的問題。您知道絹枝女士喜歡聽什麼音樂嗎？」眞端起杯子問。

「咦，喜歡什麼音樂？」鈴木一臉困惑。

「我想嘗試爲絹枝女士進行音樂療法。」

眞只告訴對方他擁有醫師執照，並未詳細說明。

「你是醫師啊，好厲害。」

鈴木看著桌上眞的名片，似乎不明白爲什麼醫師要來當偵探。

「有些病患可能是暫時性失憶，可藉由患者做過的事情、經歷的遭遇、興趣或嗜好等喚起記憶。音樂也是其中一種。不曉得您有沒有想到什麼線索？」

眞窺望鈴木的表情。

「這個嘛，當時恰恰是卡拉ＯＫ剛開始流行的年代，記得她去唱過歌。現今的年輕人恐怕不知道吧，大概像口袋小說那麼大的卡帶，喀一聲插進播放器裡。歌詞本也是厚厚一冊，簡直和電話簿一樣。」

鈴木做出把明信片放進郵筒的手勢。

「她應該有最拿手的歌吧。」

「應該是……我想想。」

鈴木雙手交抱胸前，眺望窗外的景色。他摘下眼鏡，抬頭看著名古屋的天空。佳菜子和他看著同一片天空。晴天，雲朵白得耀眼。

「〈思念你〉，法蘭克永井唱的。」

鈴木戴上眼鏡，轉頭對兩人說道。

「〈思念你〉嗎？好的。」

眞迅速拿出音樂播放器進行搜尋。

「她唱低音的時候特別有魅力。對，沒錯，就是〈思念你〉。」

鈴木綻放笑容，喝了口水。

眞把耳機遞給鈴木：

「是不是這首？」

鈴木一聽到歌，馬上用力點頭。

「眞懷念啊。如你所說，當時的回憶瞬間浮上腦海，連香菸的煙霧，和女人的化妝品香味都鮮明起來。」

鈴木閉上眼睛。跟由美說的一樣，他看起來變年輕了。佳菜子不禁想像，當時這個靠打工賺取學費的苦學生，過著什麼生活。

「這首歌在大正十一年（一九二二年）發行，昭和三十六年重新翻唱，紅極一時。」真看著播放器上的曲目介紹說。

「原來是大正時代的歌啊，還真是歷久彌新。」

鈴木讚嘆著，把耳機還給真。

「您聽過絹枝女士唱的歌詞中，出現『京都町』、『阿清』、『龜松』，或『京都帝大的法學士』嗎？」

佳菜子把絹枝詩作的部分內容告訴鈴木。

「沒有，沒聽過這些詞語，感覺頗像淨琉璃（註）的念白。」

「淨琉璃？確實挺像的。」

之前只想到這些名字很像戲劇中的角色，卻沒想到和淨琉璃念白的關聯。美鈴形容那首歌節奏輕快，類似繞口令的民謠。淨琉璃的念白就是這種風格嗎？佳菜子不清楚。如果是會不自覺哼唱的程度，表示絹枝非常喜歡那齣淨琉璃。無論如何，都有調查清楚的必要。

「偶爾沉浸在過去也不錯。以前我總認爲，沉浸在過去有些消極，沒想到非但不會如此，反倒變得更有精神。身爲一個上班族，年近半百後，未來能爬到多高的位置已能預料。再加上，我們的產業過度競爭，不像過去那麼好做。就像今天，唉，也不是十分順利。但一憶起學生時代，忽然充滿勇氣，彷彿能再拚一拚。像中仙人跳的陷阱這種想忘掉的蠢事，現在回想卻有些滑稽，原來自己也曾年輕不懂事，也有過青春時代。」

鈴木瞇起眼，嘴角浮現笑意。

見鈴木看手表後神情回復嚴肅，兩人趁機起身道謝離席。

佳菜子與眞搭電車通過京都車站，在新大阪站換搭在來線，在大阪站下車。還有將近一個小時要去的店才開，兩人在車站附近的書店打發時間。將近下午五點，兩人依循眞的導航，前往「MIYAKO」所在的住商混合大樓。

眞似乎連狹長的巷弄都記在腦中，毫不猶豫地前進，很快抵達那棟老舊的住商混合大樓。兩人走進狹小的入口，爬上僅容一人通過的陡峭樓梯，來到三樓。

走廊的兩側都是店家，門上貼著印有店名的招牌。總共有四家店，但下午五點開始營業的只有兩家。

幸好，最裡面那家原本是「MIYAKO」的店有營業，招牌上寫著「Buster」。

眞打開門，兩人走進店內。

註：一種以三味線伴奏的說唱藝術。

溫熱的暖氣迎面撲來。

「歡迎光臨，兩位請往裡面坐。」

吧檯內的男人招呼道。

接著，坐在吧檯內、穿迷你裙的女人起身，往座位區移動時說：

「歡迎光臨，這邊請。」

兩人被帶到沙發座位。

環視店內，有三張四人座的桌子，在店的角落排成一列。

佳菜子看到吧檯座位有三張圓椅，推辭店員的帶位，直接往圓椅坐下。

「我們坐這邊就好。」

「要點什麼？」

吧檯內的男人問。

「我要莫斯科騾子。」

「先生呢？」

「乾馬丁尼。」

「好的，請稍候。」

男人轉身，手伸向酒櫃。

「店名是取自演員『巴斯特・基頓』（Buster Keaton）嗎？」

眞朝調酒師的背影發問。

「你是第一個一看就懂的人。我喜歡特技表演式的演技。」

調酒師對眞和佳菜子綻露笑容，向兩人遞出名片。他的名字是日陰丈二，頭銜是店長。

「晚上是受僱的店長，白天是街頭藝人。」

日陰刻意誇張地鞠躬。

「這裡以前是一間叫『MIYAKO』的店，對吧？」

眞瞄佳菜子一眼，然後看著日陰。

日陰把兩張杯墊分別放在兩人面前。

「咦，客人知道以前的店？」

「是岡田女士經營的吧？」

「沒聽過這個名字耶。」

「眞奇怪，她應該是在『MIYAKO』沒錯啊，一對母女經營的店。難道是我爸記錯？」眞語帶遺憾。

「原來是客人的父親那時候的事。那麼，應該是琴美老闆娘之前的老闆娘吧。」

日陰輕輕將飲品放在兩人前方。

「琴美？」

「是的，她姓齋藤。」

日陰挑起雙眉，說明老闆娘齋藤琴美十二年前將這間店交給他。

「這麼久以前的事啊。」佳菜子插話。

「別看我這樣，我已接近不惑之年。比起表演雜耍，這份工作慢慢變成我的本業。」

日陰宛如小丑般雙眉下垂，聳聳肩膀。

「你接手後，就改了店名嗎？」眞問道。

「是的，包括這家店在內，琴美老闆娘擁有四家店，其他還有模仿秀酒吧、表演俱樂部等。她僱用許多像我這種還不成氣候的藝人，或尚未出道的演員。把這家店交給我時，她要我改成自己喜歡的名字。」

日陰表示，對追求夢想的人來說，齋藤琴美是最大的贊助者。接著，他介紹坐在沙發上的女人其實是一名魔術師時，對方起身，朝他們深深一鞠躬。

「琴美老闆娘眞的很厲害。」

佳菜子暗想，連結岡田母女的關鍵人物就是琴美。

「她可不是一般人。她的丈夫是投資公司的老闆，夫婦倆都非常會賺錢。」

「平時她會在哪裡？」

「她大部分時間都待在一家叫『齋藤企劃』的公司。」

「這樣啊。」

再追問下去對方恐怕會起疑，於是佳菜子喝光莫斯科騾子，對日陰露出微笑：

「請給我下酒菜的菜單。」

11

浩二郎為了別的案件來到廣島市內。

調查到一定的程度後，他停下腳步，去吃一頓遲來的午餐。吃完準備回家時，接到佳菜子打來的電話。

「辛苦了，現在方便講電話嗎？」

「可以啊，昨天辛苦妳了。三千代把妳今天早上提出的報告書概要傳給我，我大致看過，似乎頗有收穫。」

佳菜子已透過資料庫調查完齋藤企劃公司的業績等情報，等浩二郎回來就能進行報告。

「謝謝。聽說你在廣島，所以打給你。我有一事相求。」

「什麼事？儘管說。」

「我和鈴木先生談到阿清和龜松的線索時，他覺得聽起來很像淨琉璃的念白。」

「原來如此，確實頗像。」

「早上我上網查淨琉璃的念白，沒有找到包含阿清與龜松的，只找到相似的，是地方口傳的傳說故事《阿汐龜松物語》。」

「哦，傳說故事。阿清與龜松、阿汐與龜松，清和汐的發音相近，挺有意思的。」

若只有這點程度的差異，倒可視爲口傳過程中的失誤，並流傳至今。

「流傳這個故事的地方，是現今的愛媛縣今治市。」

「這樣啊，如果是今治，離下關或岡山都不遠。」

「但不是在市區，而是關前諸島的其中一座島，叫岡村島。」

「要坐船才能到嗎？」

「好像是。剛才我問過市公所，二十年前今治北高中和新居濱工業高中的學生，合力在護岸壁上完成以傳說故事爲主題的壁畫，當地的人稱爲『阿汐・龜松壁畫』。島上的居民大多知道這個故事。」

「絹枝女士如果是那裡的人，一定知道這個故事。既然如此，會不會是絹枝女士寫錯字？」

清和汐的發音相似，熟知這個故事的人應該會更愼重書寫。

「三千代姊也這麼認爲，所以……」

「所以，要我去確認吧？」

浩二郎露出微笑，搶在前頭說。聽到佳菜子有口難言的語氣，他便心底有數。

「我猜想，說不定當地流傳兩種口傳故事，可先調查這個故事有沒有被編成歌。」

「我知道了。幸好妳現在打來，我差點就要坐上新幹線。從廣島過去，大概半天的時間便能調查完畢。」

「謝謝你。」

「明天由我來安排和『齋藤企劃』的齋藤社長的見面事宜吧。」

「好的，那我和平井去拜訪絹枝女士。我準備了包含〈思念你〉在內的五十首懷舊歌曲，想帶過去給她聽。」

「可以順便替我上次的無禮，誠摯地道歉嗎？」

浩二郎反省，上次爲了引出絹枝的反應，手法或許太過強硬。

「我知道了。」

「想辦法跟她建立起信賴關係。這一點，相信佳菜沒問題。」

浩二郎比較擔心眞。

「我會努力。那麼，路上請多加小心。」

「好，謝謝。」

漂浮在瀨戶內海的島嶼——

浩二郎想起，之前遠赴由九個島組成的忽那諸島找人的經驗。那時要找一名叫小綱利重的舊日本兵。戰後不久，少年時期的他，在大阪的安治川河邊拯救了遭美兵襲擊的女性。如今，他即使年屆高齡，依舊充滿骨氣。浩二郎還記得左臉挨他堅硬拳頭的感受。

想對他說一聲「謝謝」，因此委託他們調查的女性，和小綱見過面三個月後，在家人的守護下與世長辭。浩二郎將此事告知小綱時，他沉默許久，喃喃低語：

「吾戀已逝，如三島海濱空貝，唯名可追憶。」

後來浩二郎才知道，這是素有「瀨戶內聖女貞德」美名的鶴姬的辭世之句。然而，這同時也是一首戀歌。小綱應該不會愛上那名女性，爲什麼會說出這首短歌，至今依然是個謎。

爲了調查前往岡村島的路徑，浩二郎朝廣島車站附設的旅遊服務中心走去。

詢問後才發現，按照原本的計畫，想在半天內解決是不可能的。

從廣島車站到今治車站，搭乘島波快速巴士就超過兩個半小時，再從今治車站搭公車移動到第三棧橋，然後還得搭一個多小時的船才會抵達岡村島。

若把轉乘的時間算進去，在今治住一晚，明天早上再展開調查，應該是比較妥當的方案。

浩二郎打電話給三千代，簡單說明他的計畫。

早上，浩二郎搭乘的船經過大下島、小大下島，抵達岡村港。下船踏上棧橋，海風吹拂著頭髮。大概是天氣太好，風沒有想像中冷。

他首先要確認的是昨天得到的「阿汐．龜松壁畫」情報。朝著觀音崎，沿左邊的海岸線走約一公里，右邊就會出現壁畫。

看著風平浪靜的瀨戶內海，浩二郎腦中不斷浮現小綱的臉龐。絹枝和他一樣，艱苦地度過受戰爭擺布的人生。但八十五歲的她一心求死，依然感受到現實的痛苦。

她應該比誰都清楚，人命是多麼尊貴，多麼無常，及多麼值得愛惜，卻仍做出這樣的選擇，背後的理由絕不單純。

身體變得暖和後，逐漸看得到擋土牆上的壁畫。約略估計，高度有十公尺，寬二十五公尺左右。

背景是大海和藍天包覆的海角。從構圖上看，右邊有兩個人，左邊是身穿和服、留著總髮、身形龐大的男性。由於整幅畫太過巨大，加上年歲久遠，顏色斑駁，有點難以辨識。

浩二郎拍照下來，順著斜坡往上爬。他注意到一塊指標，寫著通往長谷展望台。觀賞蜜柑田和雜樹林交錯的風景，走一公里左右，就看到耀眼的白色展望台。

從展望台可俯瞰觀音崎，連橫跨來島海峽的大橋都清楚可見。浩二郎在這裡拍了好幾張照片，想讓偵探社的大家也欣賞這片風景。

他心想，由美就不用說了，佳菜子也做得很好，真則用自己的方式在努力。但偵探社的工作量不斷增加，依目前的四人體制，可能無法維持案件處理的精細度。

浩二郎再次感受到本鄉雄高的重要性。哪裡還能找到優秀的人才呢？

他深呼吸，伸了一個懶腰後，離開展望台。回到港口，他決定順道去今治市公所的關前分所一趟。

浩二郎遞出名片，表達想調查〈阿汐龜松物語〉。接待他的，是市公所分所住民服務課一個姓今井的四十多歲男子。

「阿汐龜松的故事特，是相當受歡迎的愛情悲劇，尤其是在南海部地方。」

「這表示在今治，這故事幾乎是人盡皆知嗎？」

「也不一定。我是今治市人，印象中是從祖母或母親口中聽過這個故事，只記得人名，詳細內容不太清楚。」

「這裡流傳的故事，女主角名叫阿汐，有沒有其他稱呼，像是『阿清』之類的。」

「這個嘛，我只聽過『阿汐』。」

「這樣啊。我剛才去看〈阿汐龜松物語〉的壁畫，不曉得畫的是什麼內容？」

「我明白了，您想知道詳細的故事內容。明年我們有一個計畫，要在壁畫前設置故事的解說板。請稍等，我們有故事的原文。」

今井走進裡面，沒多久就拿了影本過來。

「就是這些，有點長吧？」

總共四張Ａ４的紙，裡頭的用詞頗爲古老。

「在筑前遠賀的城鎮，身爲坪衛村長的太郎兵衛大人啊，有七間倉庫，五間酒鋪，三十五間店出租，掌櫃七十五人，住家三層樓八連棟，後有泉水築山，養金魚銀魚、鯉魚鯽魚，眺望此景，大富人家之威德，無一不俱足，顯赫一時。父親命喪黃泉，留下一對兄妹。兄龜松，妹阿汐。兄龜松爲前妻繼子，妹阿汐是自己的孩子。阿汐母親心起邪念，想殺死兄龜松，把西邊東邊的財產，北邊南邊的土地，全納爲妹阿汐所有。該拜託神明讓龜松眼盲，還是拜託醫生備毒酒？拜託神明天知地知人盡皆知，事情會鬧大，乾脆找醫生才是上策。前面不遠處剛好有醫生……」

浩二郎念到這裡，抬起頭。

「一開始，阿汐和龜松還不會登場是嗎？」

「是的。故事先說明村長太郎兵衛擁有多少財產。太郎兵衛去世後，後妻內心盤算，如果能除掉前妻的兒子龜松，所有財產都會變成自己的小孩阿汐的，於是企圖毒殺龜松。問題在於，後妻的女兒阿汐和龜松互相愛慕。」

阿汐與龜松相偕到各國旅行。經過漫長的旅途，阿汐終於完成心願，參拜信濃的善光寺。但由於旅途勞累與生病，阿汐突然辭世。爲了祈求阿汐的冥福，龜松剃光頭出家。原文的最後一段是「水流和人身，終歸於何處？阿汐與龜松終歸於信濃。嗚呼哀哉」，中間的段落還出現大阪和京都等地名。

「據說，出家後的龜松來到岡村島，守護救世觀音像度過他的餘生。這個場面就是那片壁畫的主題。」

「文章感覺沒故事內容那麼長。」

「是啊，原文沒有標點符號、沒有分段落，只有開頭空一個字，後面全部連在一起。畢竟是以念唱的方式表現。」

「念唱是指……？」

「就像淨琉璃和歌舞伎在述說心情的場面，有一種獨特的韻律，不是用唱的，也不是用說的。這部分我也不太清楚，但前輩曾告訴我，這是盂蘭盆舞的歌。」

「盂蘭盆舞的歌……？」

「是的。比如，八木節、炭坑節，或是河內音頭之類的。」

「河內音頭……原來如此，就是帶著節奏又念又唱的形式。」

浩二郎重讀原文，發現用七七調念起來很順。

「可說是一種和風饒舌吧。」今井笑道。

「今井先生，你認識會以念唱的方式讀出這篇原文的人嗎？」

「有是有啦……」

「只要阿汐與龜松登場的部分就好，我們必須讓某個人聽到這段念唱。」

浩二郎拜託對方，說明這是爲了喚醒某個病人的記憶。

「我知道了，但可能需要一點時間。」

「這個給你。」

浩二郎將錄音筆遞給今井。

「請用這個錄音，然後選擇貨到付款的方式寄回給我。可能有點麻煩，勞煩您多費心了。」

「錄在這裡面嗎？」

「我們連她的出身地都不知道，只曉得她或許是這座島或今治市的人。」

「這樣啊，那眞的不容易找。給我兩、三天的時間好嗎？希望幫得上忙。」

「謝謝你。」

12

爲了見齋藤琴美一面，佳菜子和浩二郎前往齋藤企劃公司。

浩二郎出差回來那天，花了半天以上的時間和茶川開會討論，所以延後兩天去找齋藤琴美打聽情報。

這段期間，佳菜子和眞待在絹枝身旁，希望找出她的personal song。

一開始，絹枝不願意聽眞準備的曲子。爲了緩和她的心情，他們陪在她身邊話家常，再加上她最喜歡的護理師在一旁慫恿，最後她終於肯戴上耳機。但只聽了兩、三首曲子，她就摘下耳機，縮進棉被裡。身形愈來愈消瘦的絹枝，似乎連像前陣子那樣發狂的力氣都沒有了。

不管是隔天，再隔天，她仍維持一樣的狀態。他們給絹枝聽的音樂，包括〈思念你〉，以及該曲開始流行的昭和三十六年內發表的歌曲：渡邊Mari〈東京咚咚啪女孩〉，石原裕次郎與牧村旬子〈銀座戀愛物語〉，坂本九〈昂首闊步〉，越路吹雪〈留最後一支舞給我〉。

另外就是認識善藏的昭和二十八年的流行樂：美空雲雀〈津輕的故鄉〉，織井茂子〈請問芳名〉，高英男〈下雪的城市〉，菅原都都子〈阿里郎哀歌〉等不到十首。

絹枝聽〈思念你〉、〈昂首闊步〉、〈請問芳名〉三首歌時，脈搏和血壓上升。眞分析，這毫無疑問顯示音樂確實能夠刺激絹枝的大腦。

「平井很積極地幫忙，佳菜不必那麼著急。」

雖然浩二郎如此安慰，佳菜子心中仍充滿不安。personal song的效果似乎沒有由美或眞形容得這麼好，眞的能從幾千首曲子中，找出絹枝的personal song嗎？就算運氣好找到，也不保證絹枝的記憶會恢復。

「我請平井把今天應該會送到的盂蘭盆舞的曲子拿去試，就是佳菜發現的阿汐與龜松故事的念歌錄音，期待能發揮效果吧。」

「而且，裡面還出現京都的地名。」

「哥哥龜松和妹妹阿汐手拉著手離開遠賀這個城鎮。如果把此舉解釋爲罪，某種程度上和絹枝女士寫的詩就能互相呼應。」

「再來就是聽聽念歌的感覺，古典藝能的念唱都十分相似。」

說著，佳菜子心想，腳踏實地的調查方式果然比較可靠。

「妳還有繼續分析絹枝女士的詩嗎？」

「讀很多次後，不知不覺就背起來。」

佳菜子默背出剩下的三首。

搶奪。
搶錢，搶命，搶心。
錢被搶、命被搶、心被搶，
面對黑色石頭，將命運託付給不可靠的白色岩石粉末那天。
疼痛消失了嗎？更輕鬆了嗎？
更辛苦了嗎？更痛苦了嗎？
不，還是墮落了。
墮落到原本黑暗、巨大的洞穴。
再度成爲開不了花的油菜籽的夜晚。

戀可喜。
愛可悲。
早知道就不愛。
不被愛好痛苦。
說好要變成石頭，
不知何時錯認為花朵。
以為是舞動的蝴蝶。
所以動了卑劣的念頭，
犯下罪過。
心神嚮往的文字，
譜出戀曲的歌詞，
成為聯繫兩人的音信，
殺死戀情，奪走愛情，連性命也不放過。
那人永遠不會原諒我，
不可能原諒我，永遠。

熱呼呼的蒸氣。
帶著一種深度。
盼望許久的溫暖。
不多話的人，
不追問過去的人，
沒有欲望的人，
可以繼續做這個夢嗎？
可以過平凡的生活嗎，
可以不用再逃了嗎？
可以一直踩在地面上了嗎？
被埋在地底，隱姓埋名的我。

「真厲害。」

不知是讚美詩作本身或背誦者，浩二郎露出微笑。

「在最後一首詩中，『熱呼呼的蒸氣。帶著一種深度。盼望許久的溫暖』指的應該是『久屋』，而『不多話的人，不追問過去的人，沒有欲望的人』指的應該是赤城壽士先生。最讓人在意的，是末尾的『可以不用再逃了嗎？可以一直踩在地面上了嗎？被埋在地底，隱姓埋名的我』這個部分。」

「她筆下的『逃』，應該是指逃離來自下關的那個男人。」

「就是她前男友的債主吧？我也是這麼認爲。然後，我注意到這首以『戀可喜。愛可悲』開頭的詩。假如這是在陳述對下關前男友的心情，『早知道就不愛。不被愛好痛苦。說好要變成石頭，不知何時錯認爲花朵。以爲是舞動的蝴蝶』應該算是後悔的表現。若只是單純的後悔，不值得大驚小怪，畢竟後悔是戀愛的副作用……」

「妳覺得她的心情不只是後悔。」

「對。『卑劣的念頭』、『犯下罪過』，這些心情在戀愛小說中也看得到，但『殺死戀情，奪走愛情，連性命也不放過』……」

「希望這是比喻。」

「或許這樣的推論跳得太快，但假如這是她逃跑的原因，就很可怕了。」

佳菜子說，幸好還有『心神嚮往的文字，譜出戀曲的歌詞，成爲聯繫兩人的音信』等充滿詩意的表現。

「佳菜說的沒錯，完全沒有血腥殘酷的畫面。『成爲聯繫兩人的音信』，這種老派的說法會讓人聯想到情書。」

「我也是聯想到情書。這麼一來，就可解釋爲因情書破壞戀情。」

「戀愛的終結嗎？然後逃走，從下關到岡山，在岡山遇見三宅善藏先生。剛才佳菜從

『熱呼呼的蒸氣』聯想想到赤城先生，卻沒有想到指的或許是善藏先生。」

浩二郎說出對這兩人的印象。他認為，不講究過去、沒有欲望是善藏和壽士的共通點。

「我是從『可以繼續做這個夢嗎』這一句判斷的。她協助餐飲店獲得成功，直到美鈴女士出現化為泡影。假如經營餐飲店是絹枝女士的夢想，那麼，她和赤城先生齊心協力打拚，不就是在持續這段美夢嗎？」

「原來如此。換句話說，絹枝女士的詩作，從頭到尾都和她實際的人生有所連結。」

「所以，我才對『搶錢，搶命，搶心。錢被搶、命被搶、心被搶，面對黑色石頭，把命運託付給不可靠的白色岩石粉末那天』這段文字感到憂心。真實的狀況還不清楚，如果可以概略掌握內容，就能在會議上報告……」

「不必著急，照妳的步調來。我認為佳菜已在相當的程度上，掌握絹枝女士的心情。」

「是真的就好了。」

佳菜子希望今天能從與琴美的談話中，找到解讀詩作的靈感。

「不過，意外的是，齋藤琴美女士居然毫不猶豫地答應我唐突的邀約。」

浩二郎向琴美表示，關於曾根崎的小酒吧「MIYAKO」的前店主岡田母女，有一些事情非問不可。沒想到，琴美二話不說，立刻約定下午兩點到她辦公室談。

「嗯，看來，她和岡田女士之間的關係不單純。」

浩二郎說完，露出銳利的眼神。溫和的浩二郎每次露出過去當刑警的眼神時，總讓人有些不寒而慄。同時，佳菜子有種預感，案件的發展似乎要露出曙光了。

齋藤企劃公司，就位於與京阪中之島線「渡邊橋」站十二號出口共構的辦公大樓七樓。

這棟大樓從地下到地上五樓都是商業設施，沿途摩肩接踵，人聲鼎沸。抵達七樓，走出電梯，剛才的紛亂宛如假象，整層樓靜悄悄。擦身而過的女性踩著一雙正式場合穿的高跟鞋，敲擊地板的聲音格外響亮。

兩人走在明亮寬敞的走廊上，從頭數來第二間辦公室就是齋藤企劃公司。

浩二郎一敲門，門隨即打開，一名年輕女子出來迎接。兩人跟著她進入，經過四個隔板屏風辦公座位，最深處是社長室。

這名女子打開門，兩人就看見琴美已坐在裡面。她身穿淺紅色套裝，短髮圓臉，戴著兩個大耳墜，看上去大約五十多歲，比想像中年輕。

「敝姓實相，這是橘小姐。感謝您今天撥出寶貴的時間跟我們見面。」

琴美微微點頭，一語不發地過名片後，示意他們在沙發坐下。她塗著豔麗的粉紅色口紅的厚唇仍保持緊閉。

「如同我在電話中的說明，我想詢問關於曾根崎的『MIYAKO』酒吧前老闆岡田女士的事情。先跟您說一聲，我們只是尋找回憶的偵探，如果有與生意相關、不便告知的部分，請不用勉強。」浩二郎表情柔和地解釋。

「尋找回憶是嗎？」

琴美哼笑了幾聲。

「是的，我們靠尋找回憶維生，很奇怪嗎？」

「沒有。只是我一直認爲，回顧過去根本毫無用處。」

琴美伸手拿桌上的香菸盒，問道：

「要來一根嗎？」

浩二郎擺出謝絕的手勢後，琴美叼著菸，拿起桌上的打火機點火。頃刻，室內瀰漫著菸臭味。

「某位女士因硬腦膜下血腫住院中，目前還分不清楚她是記憶障礙，抑或是認知功能不全，處於臥床不起的狀態。她的家人希望能透過講述回憶幫助她復原，於是委託我們調查。」

「這和『MIYAKO』可以扯上關係啊？那是很久以前的事了。」

「畢竟對方是八十五歲的老太太，必須追溯她過去幾十年的人生。」

「八十五歲？」

「是的，有什麼問題嗎？」

「沒有，只是覺得年紀眞大。」

「她本來挺健朗的。」

「發生意外嗎？」

「這不能說。」

聽到浩二郎強硬的語氣，琴美有些訝異。

「這、這樣啊。我只是在想，她跟我婆婆差不多年紀。」

「請問，社長從岡田女士那裡接手那家店，是幾年前的事？」

「有二十五年了吧，細節我不太記得。」

「當時，妳繼續使用『MIYAKO』這個店名吧。妳喜歡這個名字嗎？」

浩二郎邊問邊翻開記事本。

「你們回憶偵探專門問這種奇怪的問題嗎？」

琴美又發出哼笑。

佳菜子怕自己忍不住鼓起臉頰，故意相反地噘嘴吐氣。她鼓起臉頰時，由美會趁機調侃「好可愛的臉」，所以她現在生氣都故意這麼做。

「我以爲社長肯空出時間見面，是因我提到『MIYAKO』的店名，難道不是嗎？」

「……我只是聽到『回憶偵探』這個名稱，好奇是做什麼生意而已。商機變化快速，我們做生意的人得盡快找到下一個會賺錢的東西才行。」

「妳對『MIYAKO』毫無留戀嗎？」

「沒有留戀，只是單純的同情，才把店名保留下來。」

琴美撇過頭，氣勢十足地吐出煙霧。搖搖晃晃的耳墜是琥珀做成的。

「爲何會同情？」

「看她跟我差不多年紀，都是二十幾歲，還是個天眞的小姑娘。就只是這樣。」

「眞是敷衍啊，至少我聽起來是如此。所以，妳到底同情岡田女士哪一點？況且，經營『MIYAKO』的，是岡田女士的母親才對吧。」

「這我不清楚。」

琴美把香菸捻熄在菸灰缸裡。

佳菜子看不出浩二郎發言的意圖。

她想起前幾天鈴木說過的話。首先，絹枝在募款活動中認識岡田，兩人意氣相投。岡田向絹枝訴說「MIYAKO」經營的窘況，於是絹枝離開長年工作的「象牙色」，去她的店裡幫忙。後來，絹枝開始在「久屋」進出，並與壽士同居。

琴美接下岡田的店時，絹枝已不在那裡幫忙。琴美與絹枝並沒有接觸。

這些事情浩二郎應該也很清楚。

佳菜子窺望浩二郎的側臉。

「請妳看一下。」

浩二郎從提包中拿出裝著黑色羽毛的塑膠袋，放在桌上。

佳菜子覺得很眼熟。原來，是附著在絹枝房間壁櫥中的保險箱上的東西。浩二郎交給茶川，做爲參考資料。

「這是什麼啊？」

琴美連碰也沒碰，只丟下這句話。

「橘小姐從過去在『象牙色』打工的學生鈴木先生口中得到情報，並向我報告時，我忽然想到它可能是某種東西。於是，我請外聘的夥伴，前科搜研的專家進一步調查。」

浩二郎說明自己以前是刑警，並簡單介紹茶川。

「原來是刑警先生……還有這樣的員工，這部分和外面的偵探業者比起來，倒是專業不少。」

浩二郎介紹茶川的經歷，似乎是爲了告訴對方，他們是有組織地在調查這件事。

「我最在意的，就是絹枝女士與岡田女士在募款活動上認識這一點。」

「然後呢？」

琴美鬆開蹺起的雙腳，放在地板上。

「這只是我的推理。岡田女士與絹枝女士唯一的連接點是妳，齋藤女士。妳就是原點。」

「什麼意思？」

聽著兩人的對話，佳菜子感到一頭霧水，忍不住插嘴：

「那個……實相大哥，連我也聽不懂你在說什麼了。」

「很抱歉，這純粹是我個人的推理，本來是想見過齋藤社長，確定後再告訴妳。但透過剛才的交談，我有十足的把握，所以請妳先耐心聽我說完。」

「搞什麼，你們沒有套好招啊？不對，你以前是當刑警的，該不會這是某種盤問的招數吧？」

琴美流露詫異的神色。

「這不是盤問。」

浩二郎否定，並繼續說：

「這是附著在絹枝女士保險箱上的東西。」

他的視線落在塑膠袋上。

「什麼意思？」

「我們不知道保險箱的內容，但推想裡面的東西，她應該拿出來看過很多次，久而久之，東西老舊後，其中一部分掉了出來。」

「什麼東西需要這樣珍藏？」

「調查的結果顯示，這是雞的羽毛。把整理好的羽毛洗乾淨，並用黑色墨水染色。於是，我聯想到募款活動。募款活動上，最常見的是紅色羽毛。那種紅色羽毛是雞的羽毛，同樣地，它也是洗乾淨後用紅色墨水染色。絹枝女士在一九五八年從岡山搬到大阪，後來在募款活動上認識岡田女士。我去圖書館查閱那個時期舉辦過的募款活動，發現有一個活動的舉辦時間是從一九五九年到六〇年，就是黑羽毛募款。」

「黑羽毛？」佳菜子問。

「這是救助礦務失業者生活的互助運動。據說，活動發起人認為，既然紅十字會的聯合勸募是用紅色羽毛為象徵，救助礦務工作者的募款，就用符合煤炭意象的黑色羽毛為象徵。」

「原來還有黑羽毛的募款啊。」

佳菜子從煤炭聯想到絹枝的詩句，『面對黑色石頭，把命運託付給不可靠的白色岩石粉末那天』。

「一九五九年，國家能源政策的主力從煤炭轉變為石油。受此影響，煤礦封山，失業人口有人說七萬人，有人說八萬人。也有研究者認為，這只是紀錄上的數字，實際的失業人口更加龐大。」

「由於國家的政策，那些人的工作突然就沒了，未免太過分。」

「尤其是中小型的煤礦影響甚巨。據說，以福岡縣筑豐地區的煤礦工作者受到的影響最大，當地的女性為了救助這些人，自動發起這個運動。後來，慢慢擴散到住在東京和大阪的親戚，以及福岡出身、出外打拚的思鄉人。」

琴美一句話都沒說，嘴上叼著菸，卻沒點火。

「半世紀以來，絹枝女士愼重保存這根黑色羽毛，即使脫落掉毛，變得破破爛爛也一樣。爲何她如此重視這根羽毛？我很想知道原因。藉由黑色羽毛結緣的兩人，保持非常密切的往來。絹枝女士曾對那名打工的學生說『正因你是沒有頭銜的打工學生，我反倒能看清楚你這個人』。這表示她看人時，是看對方的本質。我猜想，她見到拿著募款箱的岡田女士後，就認爲她是値得信任的人。所以，岡田女士病倒後，即使她有機會晉升成店長，也甘願辭職，向岡田女士伸出援手。她就是這麼重視與岡田女士的關係。這段關係的重要象徵，不是別的，正是這根黑色羽毛。」

說完，浩二郎拉近桌上的塑膠袋，問道：

「如同妳剛才所說，什麼東西需要這樣珍藏？我再問妳一次，請告訴我不更改『MIYAKO』店名的理由。」

浩二郎的雙手輕輕放在膝上，直視著琴美。

不知過了多久，佳菜子沒有勇氣看手表，怕自己不經意的行爲會影響現場的氣氛。約莫是按捺不住，琴美發出「嗯……」的低吟，又抽出一根香菸。

浩二郎拿起桌上的打火機點火，遞上前。

琴美的手顯得有些遲疑。

「眞沒辦法，看來我的預感應驗了。」

她一邊碎念，一邊點燃叼在嘴上的菸。

佳菜子完全摸不著頭緒，視線在兩人臉上來來回回。

「妳願意說了吧。」

浩二郎極爲冷靜地說。

「實相先生，你眞的是回憶偵探嗎？」

琴美愼重地確認。

「剛才提過，我不屬於任何組織，也不是來譴責妳。」

琴美凝視浩二郎半晌，對著半空說：

「看來，只能相信你了吧。」

「謝謝。我們眞的只是想瞭解絹枝女士的過去。」

「怎麼可能改掉『MIYAKO』的店名？我的舊姓是岡田，曾以『琉璃』這個花名在那裡工作。我就是岡田的女兒。」

琴美粗魯地捻熄抽完的香菸，丟進菸灰缸。

佳菜子大氣都不敢喘一下，緊盯著琴美。

「當整個社會因岩戶景氣（註）顯得朝氣蓬勃，煤礦聚落卻是陷入谷底般蕭條。從祖父那一代起，我們家就從福岡的筑豐地區搬到大阪，但不管是祖母或母親都對故鄉難以忘懷。鄉下的嬸嬸捎來消息，說地方政府和工會組都織希望我們能舉辦黑羽毛的募款活動。我才一歲左右，什麼都不懂。剛好那時景氣復甦，離婚的母親開了『MIYAKO』這間店，經濟上逐漸變得寬裕，便接下募款活動的工作。雖然母親身體並不健朗，畢竟是三十四、五歲，還年輕，想必就逞強了。」

據說，琴美的母親會在梅田一帶募款，直到下午五點前，才趕回去開店。她不只募款，也替失業的家庭募集衣服和學用品。

「令堂現在呢？」

「在我接下店的那年就去世了。平成元年，算一算已是二十多年前的事。」

她叫登紀子。琴美第一次說出母親的名字。

「這樣啊。」

「不過，她能堅持到最後，實在不簡單。你剛才提到的鈴木先生，我有點印象。他常帶一大群學生來光顧。那時候，母親的身體就不太妙。」

「所以才向絹枝女士求助吧。」

「她們在募款活動上認識後，一直非常要好，維持了二十二年的友情。他們認識的時間和我的年齡差不多，很容易記。母親和絹枝阿姨恰恰是在我一歲的時候認識。」

註：指一九五八年七月至一九六一年十二月之間，第二次世界大戰後的第二次日本經濟發展高峰。

那時經過梅田車站前的絹枝，自願參加活動。

「絹枝女士也是福岡出身嗎？」

插話的是佳菜子。

「不，她告訴我母親的理由是，她恩人的小孩住在礦宿。」

「是指礦工宿舍嗎？」

浩二郎怕佳菜子聽不懂，特意反問。

他向佳菜子說明，當時煤礦公司替礦工蓋了大量的連棟長屋。尤其是遠賀川流域有非常多中小煤礦，所以那一帶有大量密集的木造住宅。

「妳知道攝影家土門拳嗎？」

浩二郎問佳菜子。

「我曾在圖書館看過他的攝影集。」

「絹枝女士的房間裡也有土門拳的攝影集。茶川先生想起這件事，便去圖書館借來看。那本攝影集叫《筑豐的孩子們》，等我一下……」

浩二郎翻著記事本，接著說：

「在攝影集裡，野間宏寫了這段文字來描繪失業礦工的生活。『破爛空洞的榻榻米是榻榻米，沒有配菜的一餐是一餐，沒有玩具的遊戲是遊戲』。」

「是啊，這是昭和三十六年左右出版的攝影集，我母親也有一本。長大後我翻過。雖然裡面呈現的都是悲慘的生活，但孩童的眼睛圓滾滾的很可愛，而且閃閃發亮。可是，絹枝阿姨提到的那個孩童，只比她小四歲，那時應該也二十七、八歲了。由於一直聯絡不上對方，她非常擔心。」

「從年紀來看，如果對方已結婚，可能正抱著嬰兒餵奶或養育幼童吧。」

「這我就不知道了。我只知道即使黑羽毛募款結束，絹枝阿姨仍持續募捐學用品。」

「捐款活動只維持半年就結束了吧？」

「黑羽毛的募款活動沒持續很久就結束，不過，母親和絹枝阿姨都很快把錢送到田川市、嘉麻市等地的市公所，還有母親的故鄉犀川町。母親對『MIYAKO』這個店名有很深的執著。」

「怎麼說？」

「就算用羅馬拚音表示，在大阪用『都』（註）感覺就很不搭。如果像你們的事務所一樣，是在京都還說得過去。總之，母親的狀況開始惡化，由我繼承這家店的時候，我本來要改掉店名。但母親說，這是她唯一的遺願，希望我不要改店名。」

「令堂這麼堅持，是不是有什麼理由？」

「她希望用故鄉的名字當店名。反正一提到犀川大家就會想到金澤，再加上後來我們

註：MIYAKO的漢字為「都」，有京城、首都、都市的意思。

這邊的犀川被合併成『郡』，還改了名字。MIYAKO郡，漢字寫成京都。」

「寫成京都，但念成MIYAKO嗎？」

浩二郎轉頭看佳菜子。

「實相大哥，京都町不就是……」

佳菜子想起浩二郎的報告書。

我從今治市岡村島分所的今井先生那裡，拿到〈阿汐龜松物語〉的原稿影本，原文如下：

「在筑前遠賀的城鎮，身為坪衛村長的太郎兵衛大人啊，有七間倉庫，五間酒鋪，三十五間店出租，掌櫃七十五人，住家三層樓八連棟，後有泉水築山……」

我問今井，有沒有什麼歌曲的內容出現阿汐或龜松，他回答：「一首念唱的歌謠有提到，聽起來很像淨琉璃和歌舞伎中的念白在述說心情的場面，有一種獨特的韻律，不是用唱的也不是用說的，這部分我也不太清楚，但前輩曾告訴我這是盂蘭盆舞的曲子。像是八木節、炭坑節，或是河內音頭之類的。」

「筑前遠賀的城鎮，就是指筑豐地區吧。京都町指的不是京都，而是京都郡，也在筑豐。」

佳菜子劈哩啪啦飛快地吐出這句話。

「怎麼啦，你們幹麼一副驚訝的表情？如果這是演戲，你們眞的很會演，乾脆請你們來我店裡工作吧。」

琴美說完，兀自大笑。

「請問，令堂在故鄉跳盂蘭盆舞時，念唱的曲調是不是炭坑節。」

浩二郎轉身問琴美。

「咦，爲何這麼問？」

「有人常聽到絹枝女士會半哼半唱某一首曲子，我們猜想歌詞很可能出自炭坑節之類念唱的曲調。」

「母親曾帶我回故鄉替祖先掃墓，就那麼一次。剛好是盂蘭盆節，順便去看了盂蘭盆舞。那時我不斷反覆聽著炭坑節的曲調，聽到快反胃，所以記得很清楚。他們念唱的炭坑節和我們一般聽『月亮出來了出來了，月亮出來了』完全不一樣，速度更快。」

「有點像饒舌，節奏很快是嗎？」佳菜子問。

「對啊，相當有節奏感。」

「那歌詞中有出現『阿汐』、『龜松』嗎？」

浩二郎在記事本寫下這兩個名字，遞給琴美。

「我沒有印象。對了，我把當時的畫面錄下來。大概覺得這輩子都沒機會回到故鄉了吧，所以拍下媽媽跳舞的畫面。」

琴美說到「媽媽」時，臉部線條變得十分柔和。

琴美拿起後方桌上的手機。

「美衣嗎？之前我不是請妳整理媽媽的相簿？對，在開放式書櫃那邊，有古早以前的錄影帶。對對，其中有一片的標籤寫著『祖母的故鄉犀川』，裡面有跳盂蘭盆舞的畫面。妳找出那個畫面，只要跳盂蘭盆舞那一段就好，幫我拷貝一份。」

琴美掛斷電話，對浩二郎說：

「希望有錄到炭坑節的部分。」

「眞是幫了大忙。對了，妳剛才提到預感應驗了吧？」

「喔，這沒什麼。絹枝阿姨和我們母女的關係後來有些緊張，我沒有臉再見她。舊事重提也沒意思，只是我有點害怕，不曉得你到底知道多少……所謂不好的預感，就是這樣而已。」

「是嘛，那我們的調查就到此爲止吧。」

浩二郎闔上記事本。

浩二郎似乎早就知道琴美所謂的「預感」爲何，但佳菜子仍是滿頭霧水。

「謝謝你。對了，實相先生，如果絹枝阿姨身體康復，請幫我帶一句話『方便讓我去探病嗎？琴美很感激妳那時候的幫忙』，好嗎？」

「我會如實轉達，今天非常感謝妳的協助。」

浩二郎低頭行一禮，起身準備離開。佳菜子匆忙道謝，跟在浩二郎身後離開社長室。

13

佳菜子以圍巾覆蓋半張臉，撐傘走出住處的大樓。昨晚的小雨到了早上變成下雪，京都的街道難得一片雪白。

雪一飄落車道立刻融化，但家家戶戶的屋簷、停車場的車子上方，則積著一層像蛋白霜的雪，還可清楚看到貓咪走過的足跡。

從清晰的小小足跡，可以想像這隻貓急著趕回巢穴。佳菜子沒見過這隻貓，卻透過觀察牠足跡的深淺、步伐的大小，在腦中描繪出牠的姿態。

前天，佳菜子和浩二郎一同與琴美會面時，真帶了岡村島盂蘭盆舞的歌給絹枝聽，但反應沒有想像中大。

脈搏數上升的幅度，和聽〈思念你〉時差不多，偶爾會高一點。真分析，這代表說唱的旋律確實傳達到絹枝的大腦。佳菜子認爲，他對pesonal song的評價太過天真。

昨天琴美提供的犀川町盂蘭盆舞的錄影帶送到了，真擷取盂蘭盆舞的歌給絹枝聽，但反應的變化並未超過岡村島的歌。

面對這樣的結果，眞仍表示樂觀。遺憾的是，錄影帶的歌中，沒有出現京都町、阿清、龜松。於是他主張，這就是絹枝反應不大的原因。

佳菜子仍堅持從分析詩句著手。

絹枝待過下關，曾和某個男性談戀愛。所以，在「成爲聯繫兩人的音信。殺死戀情，奪走愛情，連性命也不放過。那人永遠不會原諒我。不可能原諒我，永遠」這首詩中，那名男性應該就是「那人」，也就是她的前男友。

佳菜子推斷，假如「連性命也不放過」不是比喻，表示實際上眞的有人死去。昭和二十五年前後，二十四歲的絹枝在「Peach & Peach」遇見善藏。在此之前，她曾和某人陷入愛河，如果因此引發某個事件，時間點就是落在昭和二十年到二十四年之間。

佳菜子回事務所一趟，取得浩二郎的許可後，朝地鐵「烏丸丸太町」站走去。她想去國會圖書館的關西分館，查閱當時的報紙。

她在地鐵京都站轉乘近鐵京都線，於「新祝園」站下車。接著搭乘奈良交通巴士，搖搖晃晃十分鐘後，抵達關西分館，時間還不到早上十點。

佳菜子查詢報紙資料庫，試著從朝日、每日、讀賣等報社的地方版下手。中午稍稍休息後，繼續調查到下午兩點。從微縮膠片、縮印版到各報社出版的年鑑都沒放過，但沒有任何一篇報導引起她的注意。

眼睛的疲勞，加上熱呼呼的暖氣，讓人精神恍惚。她擠出最後的力氣，用微縮膠片閱覽中國新聞的山口版。

中國報社的總部設在廣島。昭和二十年，直到廣島被投下原子彈爲止，報紙的內容都充滿濃厚的戰爭時期色彩，鮮少報導個人性的案件或事故。但戰爭結束後，報導的方向逐漸轉爲傳達戰後的慘況，及敗戰後人們的生活。

昭和二十年結束，迎向昭和二十一年。戰後的復興與庶民生活相關的報導愈來愈多，內容也變得易讀好懂。

佳菜子主要是瀏覽社會新聞，也會看專欄。又過一個小時後，她的肩膀和脖子的痠痛到達忍耐極限。

她的心情低落。由於沒有明確的關鍵字，情報量非常龐大。

她半放棄地告訴自己，搜尋到二十二年就結束，於是再次打起精神看微縮膠片。就在她從一月的報導看起時，目光停在某個案件的標題。那是一月四日的社會新聞。

〈筋濱町海岸的殉情案件，留下難以理解的信〉

佳菜子被「信」這個字吸引住。絹枝的詩中曾出現「成爲聯繫兩人的音信」。

——一月四日上午九點左右，下關市筋濱町的海岸發現一對男女並肩死去。兩人用和服的腰帶互相纏綁胳臂，推測是吞下安眠藥後，企圖跳水自殺。大津東地區警署朝殉情的方向展開調查。只是，男性的褲子口袋，以及女性和服袖口內的信，成爲難以理解的疑點。兩人所持的信極有可能出自同一人的手筆。警方改爲同時朝自殺與凶殺兩方面進行偵辦……

佳菜子追蹤接下來幾天的新聞，希望找到提及偵辦進度的後續報導。於是，她在三天後的報紙上找到這則新聞。

〈筋濱町海岸殉情，男女的身分確認〉

——本月四日於筋濱町海岸發現的男女遺體身分，透過所持物品獲得確認。男性是住在京都市，從去年六月便行蹤不明的京都帝大生，大串愼吉二十四歲。女性是寄宿於下關市豐前的餐飲店員工，烏山三津二十歲。此外，現場遺留的信件筆跡並非出自兩人之手。根據該店多名員工的證詞，這是出自與烏山三津交好的女性同事之手。該名女性平時就會幫同事代筆寫信。昨晚，該名女性行蹤不明，目前警方正在搜索中……

京都帝大生大串愼吉就是『京都帝大的法學士』。替女性代筆寫信，首先想到的就是情書。如果這就是『動了卑劣的念頭，犯下罪過。心神嚮往的文字，譜出戀曲的歌詞，成爲聯繫兩人的音信』，那麼，『殺死戀情，奪走愛情，連性命也不放過』不就是指殉情一案嗎？

果眞如此，絹枝與昭和二十二年一月四日發生的殉情案件便脫不了關係。換句話說，絹枝曾在下關市豐前田的餐飲店工作。

想到這裡，佳菜子重讀一次報導，差點驚叫出聲。

屍體是在四日發現，推算起來，可能是在一月三日殉情。想到這一點，佳菜子感覺自己的心跳加快。她聯想到絹枝床邊的監測螢幕上，表示心跳次數的綠色數字。

絹枝企圖自殺的日子，正是一月三日，難道只是偶然？

還有，「踏上前往名勝的旅途」的「名勝」指的就是筋濱町海岸吧？拚圖一塊塊被組起來。

佳菜子克制興奮的心情，繼續追蹤後續報導。

一月九日，案發的第五天，出現一則報導。

〈筋濱町海岸的殉情案件，掌握關鍵的女性行蹤不明〉

——關於四日在筋濱町海岸發現的殉情遺體，根據周邊情報顯示，兩人相當親密，大串氏近年爲病所苦，曾向兄長透露輕生的念頭。警方判斷這是一起自殺的殉情案件，並非凶殺案件，結束近日一連串的調查。只是，去世的大串氏之兄大串正樹表示，替雙方寫信的女性瞭解弟弟最後的狀況，呼籲她出來說明，並公布她的姓名。這名女性叫小橋君代，只知道她從福岡縣移居下關市，身體的特徵是雙腳膝蓋有胼胝。

絹枝雙腳的膝蓋也有胼胝。而且，君代（KIMIYO）和絹枝（KINUE）雖然是完全不一樣的名字，但發音聽起來有點像。佳菜子想起浩二郎曾教她，一個人取假名時，雖然會取與本名不同的名字，但兩者通常有相似之處。

錯不了，絹枝就是君代。她原本是福岡人，才會參加琴美的母親岡田登紀子的募款活動。儘管不確定所謂「朋友的小孩」是否眞的存在，不過，絹枝本身很可能和煤礦有一定的關係。這麼一來，她把黑羽毛保管在保險箱裡，便不是什麼奇怪的舉動。

佳菜子從筆記中抽出絹枝詩作的影本。如果和煤礦有關，「面對黑色石頭，把命運託付給不可靠的白色岩石粉末那天」中的「黑色石頭」，指的想必就是煤。與煤形成對照的是「白色岩石粉末」，從絹枝詩作的特徵來看，應該不會毫無意義。

佳菜子列印出這幾篇新聞報導，離開圖書館。

夕陽垂暮，寒氣襲人。雪雖然停歇，周圍的樹林仍彷彿戴著一頂雪帽。

佳菜子把大衣的衣領扣上，再圍一條圍巾，移動到一個四下無人的場所。她從大衣口袋拿出手機，按下茶川的號碼。

「嘿，眞稀奇，佳菜居然打電話給我。」

茶川的語氣依舊充滿活力。

「現在方便說話嗎？」

「正忙得很。」

「那我待會再打給你。」

「開玩笑的，這世上哪有比佳菜找我更重要的事。」

佳菜子眼前浮現茶川扮鬼臉的樣子。

「眞是的，茶川先生。」

「抱歉、抱歉，逗著妳玩的，看妳口氣這麼嚴肅。」

「會嗎?爲了調查絹枝女士的案子,我現下在國會圖書館的關西分館。我可能找到絹枝女士的過去了。」

佳菜子概略地向茶川說明,她如何以絹枝在詩中透露的情報爲靈感,查閱新聞報導,最後找到下關市筋濱町海岸的殉情案件。

「眞厲害,做得好。這麼一來,不管是殉情或他殺,只要絹枝女士和這起事件脫不了關係,就表示她確實待過下關。」

「沒錯。另外,她的詩中有一句話引起我的注意,和黑色石頭有關。」

前置說明結束,佳菜子念出關鍵的詩句『面對黑色石頭,把命運託付給不可靠的白色岩石粉末那天』。

「她是從福岡來的,所以『黑色石頭』指的約莫就是煤炭。但我想不通,白色岩石粉末是什麼?」

「在煤礦中,若提到白色岩石粉末,指的就是防止粉塵爆炸的岩粉。」

「防止粉塵爆炸……?」

「礦坑裡四處飄散著煤炭的塵埃。這種煤塵本身就可當成燃料,揮發成分又多。而在礦坑中,可能會因礦工衣服的靜電,或用來挖煤礦的十字鎬、鎚子敲擊造成火花,轟地一聲引起爆炸。所以,如果能撒些岩粉在裡面,讓它和煤塵結合,可減少熱量到低於引爆點的程度。簡單來說,就是讓礦坑變得較難起火,防止爆炸。」

「那種岩粉是白色的嗎？」

「嗯，一般都是使用石灰。」

「所以，詩句果然是有意義的，絹枝女士把命運託付給石灰。」

「把命運託付給石灰……難不成！」

茶川的語氣突然認眞起來。

「怎麼了嗎？」

「沒有，我覺得有點不對勁，妳方便把詩從頭到尾念給我聽嗎？」

「好，『搶奪。搶錢，搶命，搶心。錢被搶、命被搶、心被搶，面對黑色石頭，把命運託付給不可靠的白色岩石粉末那天。疼痛消失了嗎、更輕鬆了嗎？更辛苦了嗎？更痛苦了嗎？不，還是墮落了。墮落到原本黑暗、巨大的洞穴。再度成爲開不了花的油菜籽的夜晚』。這首詩到此結束。」

茶川一語不發。

「茶川先生？」

面對持續的沉默，佳菜子感到不安，忍不住開口。

「眞是了不起。絹枝女士一定進過坑內，否則沒辦法寫出這樣的作品。」

「坑內？什麼意思？」

「從她詩句的脈絡來看，絹枝女士……不，這只是假設中的假設，她……這事……」

「茶川先生，請直說無妨。」

「也是，我年紀都這麼大了，有什麼好驚慌的，眞是的。我覺得可以這樣解釋，『錢被搶、命被搶、心被搶』是原因，所以把能左右自己命運的某個東西，託付給『不可靠的白色岩石粉末』。白色岩石粉末就是石灰。託付給石灰，不是要防止煤塵爆炸，就是相反，只有這兩種可能。換句話說，要不就不撒岩粉，要不就是撒了岩粉，但故意做了某些手腳讓它失去防止爆炸的作用。」

「你的意思是，她故意引發爆炸！」

佳菜子背脊陣陣發寒，卻不是全是天氣寒冷的緣故。

「因爲被搶奪，所以搶奪，方法就是誘發煤塵爆炸。很不幸地，這個復仇似乎成功了。但她的傷痛並沒有消失，而是『再度成爲開不了花的油菜籽的夜晚』。這是一首描述後悔心情的詩。」

「怎麼會這樣？爆破、復仇……不僅和殉情扯上關係，還……」

「無論是殉情或爆破，都代表絹枝女士走過一段無法言喻的慘烈人生。」

「不過，茶川先生，女性可以進入坑內嗎？」

「我耳聞過女礦工的存在，但應該是昭和初期以前才有的情況。我們家附近的置屋（註），曾有一個女礦工的女兒上門表示想當舞伎。據說，是個皮膚白皙的美女。前陣子，她以八十歲的高齡辭世。」

「所以，就時間上來看，絹枝女士不可能在礦坑工作吧。」

「唔……不知道。可是，如果沒有親身經歷，不可能寫出這樣的詩。不管是什麼情況，幾乎可推斷，絹枝女士曾在人生的初期犯下很大的錯誤。」

這個錯誤不僅沒有修正，最後又與殉情扯上關係。

「妳在外頭吧？」

「對。」

「外面太冷，先回圖書館調查女礦工的資料。我在絹枝女士的房間進行鑑識的時候就隱約察覺，這個人的過去深不見底。」

茶川說的沒錯，接下來再挖出什麼事實，也不用大驚小怪。

佳菜子道謝後掛斷電話。她摩挲雙手呵氣，深呼吸，掉頭往圖書館的入口走去。

瀏覽為數不多的女礦工資料時，她找到流傳在筑豐地區的一首風格獨特的盂蘭盆舞歌。

我愛你你愛我　我倆互相傾慕
若死前連一夜夫妻也當不成
我願作為油菜花綻放
你化為蝴蝶　在上面飛舞

沙諾喲伊喲伊

京都町　兄妹殉情
兄是龜松　妹是阿清
阿清的美貌太過動人
哥哥龜松　一看病倒
他說不用醫生　不用藥
我生的病　不是一般的病
沙諾喲伊喲伊

註：舞伎和藝伎所屬的家屋組織，像是派遣公司，也是提供食宿、修習技藝的地方。

14

浩二郎調查完〈小販的竹陀螺〉案件，從伊勢回來的隔天早上，與佳菜子一同來到京都市下京區某間私立老人安養中心。

浩二郎看過佳菜子分析詩篇得出的結論，和相關的新聞報導影本後，立刻聯繫以前的學弟永松刑警。浩二郎對出現在一月九日報導中的「大串正樹」這個名字有印象。

大串正樹現年八十九歲，是前京都地檢署的檢察長。但也可能是同名同姓，所以他請永松幫忙調查清楚。五年前，大串的妻子辭世，永松曾出席葬禮，知道大串家的家廟在哪裡。沒多久，永松從大串家代代相傳的墓誌上，確認大串愼吉卒於昭和二十二年，得年二十四歲。

「遠在天邊，近在眼前。沒想到他還活著，而且離我們這麼近。」

在談話室等待的浩二郎喃喃自語。

「絹枝女士的心情一定很複雜。」

佳菜子臉色蒼白，低下頭。

看過流傳在筑豐地方的盂蘭盆舞歌的歌詞，她更確信下關的殉情案件與絹枝有關。

「替我聯繫大串先生的是永松。我提到妳這次的分析報告，他很高興，就像是自己的事一樣。」

浩二郎接下佳菜子雙親遇害的案件時，永松是他的搭檔。

「永松先生啊，眞懷念。他還好嗎？」

「嗯，他是非常優秀的刑警，很早就升上警部（註）。」

「十分活躍呢。」

佳菜子的緊張似乎緩解不少，臉上的氣色慢慢恢復。

裡面傳來男性職員呼喊浩二郎他們的聲音。大串希望在自己的房間內交談。

兩人與職員一起搭電梯到三樓，朝大串的房間走去。

男性職員用對講機告知人已帶到，沒多久，大串打開門。

「請進。」

大串的頭髮稀疏，但眼神銳利、腰板直挺，中氣十足地說。

「敝姓實相，這是本公司的職員橘小姐。」

浩二郎自報姓名。

「那麼，我先告退。」

註：日本警察制度的階級，由下而上依序為巡查、巡查長、巡查部長、警部補、警部、警視、警視正、警視長、警視監、警視總監。

浩二郎與佳菜子目送男性職員離開後，一起走進屋內。

「請隨意坐。」

三坪大的西式房間，中央放置長桌與四腳椅。他似乎東西寫到一半，還放著稿紙與鋼筆。

「您正在寫作嗎？」

浩二郎詢問的同時，往椅子坐下。

「怕得老人痴呆，在寫自傳。」

大串的腳邊有一個開口的紙箱。從上方可窺見幾本泛黃的書籍，還有幾張褪色的照片。

「這些是以前的資料嗎？」

「對。聽到實相先生要來談我弟弟的事情，我就翻出這一箱。過了六十四年，居然有人要問我弟弟的事情，還能直接跟負責調查的人見面，實在不可思議。」

大串把桌邊泛黃的信封，放在浩二郎面前。共有兩封。

「這是當時在遺體身上發現的信吧。」

浩二郎進行確認的時候，鄰座的佳菜子也傾身向前。

「被海水浸濕又拿去晒乾，幸好是用鉛筆寫的。如果是鋼筆的墨水或毛筆的墨汁，大概早就糊成一團。」

大串的手伸向其中一封，細長的手指緩緩抽出信紙。他將折成四分之一大的信紙，小心翼翼攤開。接著，他抽出另一封的信紙，再把兩張信紙重疊。

「有人通知我下關的海岸發現愼吉的遺體時，我立刻飛奔過去。不料，那邊的警官告訴我，他和女性手牽著手，推測是殉情。愼吉是帝大的學生，成績非常優秀，對學問充滿熱情，我認爲他應該沒有和特定的女性來往，所以不相信這個說法。但當我知道這名女性是娼婦後，忽然覺得該不會那傢伙不敢一個人死，於是找一個剛認識的倒楣鬼一起上路吧？」

「娼婦？」

浩二郎留意著佳菜子的反應，一邊反問。

「是的，報紙上沒有寫吧？聽說，他把身上的錢全花在娼寮。」

「所以才會提到帝大生與陪葬的女人啊……」

浩二郎喃喃自語。

佳菜子看了浩二郎一眼，但沒有說話。

「令弟受肺結核所苦，是嗎？」

「我們兄弟只差兩歲，體型也很相似，鄰居常問我們是不是雙胞胎。可是，愼吉變得愈來愈瘦，臉頰也漸漸凹陷。有一天，他開始吐血。他和我一樣，非常努力想成爲律師，眞可憐。爲什麼只有自己遭遇這種事？他完全無法接受，於是離家出走一個月。」

「他去找寫這封信的女性吧。」

浩二郎看著兩張破破爛爛的信紙。

「看到這封信我不禁愣住，明顯不是慎吉的筆跡。然後，我又看了那名女性身上的信，腦海瞬間浮現『造假』兩個字。不管怎麼看，兩封信都出自同一人之手。你們看一下就知道。」

大串遞出兩張信紙。

浩二郎像接過易碎物品般小心翼翼，並將其中一張遞給佳菜子。

「這是絹枝女士的字。」

佳菜子毫不猶豫地輕聲對浩二郎說。她看過絹枝詩作的影本，記得她筆跡的特徵。

「妳比較一下這兩封信。」

浩二郎把手上的信遞給佳菜子。

「鉤提和撇捺，還有文字的平衡感……完全沒錯，出自同一人之手。」

「也就是說，絹枝女士和殉情的女性是同事吧。」

浩二郎慎重確認後，轉身對大串說：

「那麼，容我拜讀。」

「大串慎吉先生

即使是像我這樣的女人，只要讓我陪在您身邊，也能成為您三途川渡舟上的慰藉吧。打從第一次見面時，我就十分仰慕您，假如您能帶我一起走，三津會非常高興。不，應該說，請帶我離開這座人間地獄。今晚，一定要在今晚。烏山三津」

接著，浩二郎拿起另一封信。

「我到處找適合尋死之處，沒想到在這裡遇見妳，上天怎麼如此殘酷？可以的話，我很想和妳一起活下去，但已不可能。我一天比一天衰弱，快喘不過氣。我好想趕快解脫。今晚，是人生的最後一晚，所以我想見妳。我想感受著妳的溫暖，一邊踏上旅程。請實現我這軟弱男人的心願。大串愼吉」

「替三津小姐代筆我可以理解，但為什麼連令弟的信都要代筆？」

浩二郎說出內心的疑問。

「我也想不透。我請求警方讓我看三津其他的持有物，除了這封信，還有三封愼吉寫的信。那三封就是愼吉親手用鋼筆寫的。但三津幾乎不識字，讀不懂，也不會寫。」

「即使她找人代筆，也不知道信中寫了什麼。」

「愼吉身上也有三封信，全是用鉛筆寫的。」

「安眠藥是愼吉的？」

「是的，從他固定就診的佛光寺的診所取得。剛才你們稱呼爲『絹枝女士』的女性，該不會就是小橋君代吧？」

大串啞聲詢問。

「從目前所有的證據來看，恐怕沒錯。」

「我當時明明費盡心力找過……」

大串撇下嘴角，心有不甘地說。

「大串先生也到處在找她嗎？」

浩二郎提起岡山小酒吧「Peach & Peach」的美鈴的事。

「原來小橋君代在岡山？」

大串的話聲中充滿遺憾。

「您還記得嗎？」

「店我記不得了。那時，我急著想瞭解愼吉最後的掙扎，一心想和知道這件事的小橋君代見面。每逢休假，我就會以下關市爲中心，往九州、四國、中國地方的花街柳巷尋找。對方既然是娼館的女人，大概會做的就是陪酒的工作吧。」

大串說，酒店的女性口風特別緊，還有橫向連結。因此，他尋找君代時，不會自報姓名，是透過她們看到自己的反應判斷。他怕對方警戒心太強，避而不見。

「我和弟弟長得太像，認識弟弟的人一定會嚇一跳，怎麼一個死掉的男人又出現，還自稱是從下關來的？」

大串稍長的眉尾往下彎。

「這個方法似乎對小橋君代，也就是我們認識的絹枝女士產生了效果。她曾寫下這樣的詩句：『罪行累累。那個罪，這個罪，都是罪。』……」

浩二郎示意佳菜子繼續往下說。

「『遙想京都町的阿清與龜松，京都帝大的法學士與陪葬的女人，都染上莫名的病。踏上前往名勝的旅途，這個報應，那個報應，全是報應。逃出無福可言的城市。』」

「念到這裡就行，謝謝。」

浩二郎打斷佳菜子。

「『福』是指河豚，也就是指下關。」

「『罪』是什麼意思？我完全沒有要興師問罪的意思啊。」

「光從詩的表現無法確定，大概她後悔替他們促成殉情一事吧。」

「只能問本人了。君代，不，絹枝女士的狀況還好嗎？」

浩二郎只告知絹枝仍臥病在床。

「目前身體上尚未原復。」

但無論是絹枝的人生經歷或她當時抱持的心情，確實已慢慢揭開神祕面紗。只要用

「心」這條線，把尋得的片段縫合，最後應該就能拿出「回憶」這套衣服給她看。希望她穿上這套衣服，能感受到溫暖。

兩人回到事務所，只見眞和由美正在喝三千代準備的抹茶。

「情況如何？」

由美上前幫兩人掛大衣。

「是絹枝女士沒錯，信也借到手了。」

不曉得哪些證據才眞正是開啓「過去」這扇大門的鑰匙，但旁證、物證當然是愈多愈好。

「果然和殉情案件脫不了關係。依佳菜的分析，說不定她還當過女礦工。」

「茶川先生告訴我煤塵爆炸的知識後，建議我去調查女礦工的資料。我就用我的方式查了一些資料。原來，筑豐的煤炭在江戶時代稱爲『筑豐炭』，主要是用來當家庭的燃料。由於明治時期日本近代化的速度很快，工業用的煤炭需求增加，筑豐的煤礦就這樣一座接一座地冒出來。」

「像蒸氣火車或蒸汽船的燃料就是煤炭，造鐵廠也需要煤炭才能造鐵。」

「還有資料提到，光是筑豐就有兩百六十餘座煤礦，占全國煤產量的六成。需求多到有人因煤礦一夜致富。但每座煤礦的狀況不同，不光是經營者，連勞動者之間的差異也非常大。除了作業危險，還要不斷提高產量。大型礦坑都是機械化作業，但在一些被稱爲『小坑』的規模較小的礦坑，仍是人工挖礦。據說，在小坑挖礦的礦工，除了睡覺就是挖礦，處於非常嚴酷的勞動環境。因此，連女人和小孩都要一起來幫忙。」

女性必須在腰部纏上一塊叫「mabubeko」（まぶべこ）約四十公分寬的棉製布巾，上半身赤裸地進入坑內，就像男人穿的兜襠褲一樣。佳菜子有點害羞地解釋。

「什麼！半身赤裸地工作？」

由美不禁縮起身子。

「坑內通道狹小又充滿熱氣，非常悶。而且，最怕的就是遇上坍崩。據說，在坍崩前會有小石子掉落，上半身赤裸才能用皮膚感知。」

「原來是攸關性命的措施，那就顧不得丟臉了。」

「女性主要的工作是『後向』，就是將被稱爲『先山』的男性挖掘的煤炭，運送到地面。她們要把挖下的煤炭放進叫『sura』（スラ）的木箱中，輸送到坑道內或地面上鋪設軌道的地方。腰部和木箱之間綁著繩子，拖行前進。最辛苦的是，裡面的天花板很低，只能匐伏作業。」

除了木箱，還有將扁擔前後各綁一個「sena」（セナ）這種籠子，彎腰扛在肩上搬運。

「不管是哪一種姿勢，都能解釋絹枝女士身上的舊傷，像是膝蓋長繭、脛骨疲勞性骨折，及遍布的傷痕。平井，對不對？」

「不能否認。」

眞冷靜地回答。

「這麼說，佳菜！」

由美不禁聳起雙肩。

「沒錯，如果發生煤塵爆炸，連燒傷的痕跡都能解釋。」

「對耶，可能她離爆炸的地點非常近。可是，半月骨的擠壓是怎麼造成的？」

「如果是負責『先山』的工作，就可能是過度使用鐵鎚。」

「佳菜，有女性擔任『先山』的紀錄嗎？」

浩二郎發問。

「在這之前還有一個問題。依政府規定，女性進礦坑工作，只到昭和八年爲止。」

昭和三年，隨著《礦工勞役扶助規則》修正，原則上禁止女性進礦坑勞動，但約過了五年才正式實施。

「換句話說，當時絹枝女士才七、八歲吧。這個年紀，不要說是『先山』，連『後向』的工作都不知道做不做得來。」

「八歲？不可能、不可能，這麼辛苦的工作，我絕不會要我們家由眞做。」

由美的說法很有眞實感。

「關於這一點似乎也有隱情。」

「不過，如果是小坑，據說不少都是全家一起進礦坑工作。如果是只有生女兒的家庭，小孩更是寶貴的勞動力。」

女性除了要做家事，照顧小孩，還得幫忙礦坑的工作。選煤也是重要的工作，從煤炭堆中挑出沒用的岩石和雜石。佳菜子說，選煤是三班制，二十四小時進行。

「這些雜石堆積起來，就是所謂的捨石山嗎？」

「沒錯。現在上面都覆蓋著綠意，外表像是一座小山丘。本鄉說，他曾爬到那些小山丘上面。」

「妳是說雄高？」

浩二郎問佳菜子，最近有和雄高聯絡嗎？

「我調查煤礦的時候，突然想到本鄉是九州人。」

「他過得還好嗎？」

「似乎陷入苦戰。」

「我偶爾也會和他聯絡，感覺很辛苦。」

由美的眼神似乎在訴說著，可不可以要雄高回來？

「我會找時間跟他聊聊，先回到絹枝女士的案子。」

「絹枝女士的舊傷，假如是在坑內造成的，那麼，她可能是在小坑工作。但那裡有兩百六十座礦坑，要找出目標實在困難。」

「再加上，這些礦坑已全部封閉，逐漸失去原本的面貌。」佳菜子接過話。

「不管她待過哪一座礦坑都沒關係。」

一直沉默不語的眞開口。

「怎麼說？」

浩二郎問眞。

「絹枝女士既然曾經住在筑豐，一定遍嘗各種辛酸。現在我們知道，她還待過下關的娼館。我想，她沒有戶籍的原因，應該和在礦坑發生的事有關。換句話說，她人生挫敗的起點，就是圍繞著煤礦的生活，然而，她平日最常哼唱的，卻是流傳在該土地的炭坑節的一段旋律，還寫成詩。我認爲，以京都町兄妹開頭的歌，有很高的機率就是絹枝女士的personal song。」

「就像你當住院醫師時聽到的《晨歌》。」

佳菜子說明，《晨歌》是眞在人生最辛苦的時期聽到的樂曲。原本他非常不喜歡這首曲子。但最近再次聽到，突然有種苦盡甘來的感覺，變得更加疼惜自己。

「原來還有這樣的事，看來每個人都有辛苦的地方。」

「比起筑豐的居住地點，我對那裡流傳的炭坑節更有興趣。一之瀨前輩，可以告訴大家了吧？我再也等不下去了。」

眞站起身，語氣彷彿在向由美抗議。

「由美，有什麼事情要宣布嗎？」

「我想在大家面前宣布，所以一直在等你們回來。」

由美移動到靠牆書架上的ＣＤ播放器前。

「我詢問電視台的人，有辦法找到筑豐地區在盂蘭盆節念唱的炭坑節的音源嗎？對方幫我聯絡福岡電視台，最後找到了，他們也把檔案給我，就是這個。」

由美像魔術師一樣，從套裝口袋取出ＣＤ。

「什麼！可以馬上聽嗎？」

佳菜子驚呼一聲，從椅子上起身，飛奔到播放器的喇叭前。

「那麼，請大家欣賞，筑豐盂蘭盆舞歌的念唱音樂。」

由美把ＣＤ放進播放器，按下播放鍵。

太鼓的節奏非常快速。三味線撥弦的力度，如打擊樂器般激烈。隨著音樂的節奏，念唱開始。是非常嘶啞但有魄力的嗓音。

京都町　兄妹殉情

兄是龜松　妹是阿清

阿清的美貌太過動人

哥哥龜松　一看病倒
不用醫生　不用藥
他說我生的病　不是一般的病
沙諾喲伊喲伊

我愛你你愛我　我倆互相傾慕
若死前連一夜夫妻也當不成
我願作爲油菜花綻放
你化爲蝴蝶　在上面飛舞
沙諾喲伊喲伊

「聽著讓人好想哭。」

由美站在播放器前，強忍淚水。

佳菜子張大濕潤的雙眸，使勁不讓眼睛闔上，怕淚水會流下來。

圍繞著煤礦的生活、煤塵爆炸、娼館、殉情、花柳街、黑羽毛、壽士，接著自殺未遂，在由美與佳菜子心中浮現的是哪件事，浩二郎不知道。

浩二郎最憐惜絹枝的，就是那不顧他人眼光努力活下去的姿態。但同時，他愈來愈不能理解，好不容易抓到幸福，爲何又想尋死？

「由美，做得好。那麼，明天就讓絹枝女士聽這首歌吧。」

浩二郎轉頭望著佳菜子與眞。

15

絹枝躺在床上。床邊坐著佳菜子和眞，浩二郎站在兩人背後稍遠處。而浩二郎身後是壽子、壽里、壽一和神足醫師。照顧絹枝的護理師們，則坐在摺疊椅上守護著她。

「佳菜，方便向大家說明，妳從詩作以及調查過程中的發現嗎？」

浩二郎起頭，鼓勵佳菜子開口。

佳菜子端正姿勢，望向絹枝花白的後腦勺。絹枝依舊面對窗戶，棉被蓋到臉頰。這是佳菜子第幾次和她見面？浩二郎光從佳菜子的背影，就能感受到她的眞誠。她的眞誠曾讓許多委託人與在調查中遇見的證人敞開心房。

輕咳一聲，佳菜子開始報告，話聲像是大提琴發出的輕柔高音。

「絹枝女士的詩，我讀過非常多次。」

佳菜子把所有的詩，從頭到尾背誦出來。

床邊的監測螢幕上，脈搏和呼吸指數上升，但絹枝沒有任何反應，直到佳菜子朗誦完最後一首詩依然如此。

「我們從這些詩作中，得知許多事情。提供我們線索的，包括岡山的三宅良藏先生。」

絹枝的心跳次數升得更高了。

「『Peach & Peach』的美鈴女士。」

絹枝的身體抽動一下。

她果然還記得。

「曾在大阪『象牙色』打工的學生，鈴木未來夫先生。」

絹枝拉起棉被，發出摩擦聲。

「同樣在大阪，曾根崎的『MIYAKO』的媽媽桑岡田登紀子的女兒，琴美女士。」

絹枝發出微弱的哀號，全身鑽進被窩，就像浩二郎給她看保險箱後的抗拒反應。

坐在後面的壽一，起身走到浩二郎旁邊。他一臉擔憂地緊握聽診器。

佳菜子稍稍停頓，看著絹枝。沒有發出哀鳴，沒有發狂的徵兆。確認狀況後，她繼續往下說。

「或許您會有些驚訝，我們還找到您說是前男友的債主、避而不見的男性，並和他談話。」

即使從外面看不見，也感覺得到絹枝在棉被中縮成一團。

佳菜子的話聲直達絹枝的心中。

「和這些人談過後，我們知道您寫的詩並非空談，而是爲做過的事懺悔。不是直接吐露事實，而是希望留下眞相，對嗎？並且，是基於某種決心寫下的。理由我們不清楚，但我們知道您一月三日那天，打算在自己的房間尋死。」

壽子等數人的椅子發出「嘎」一聲。

監測螢幕上的脈搏次數，呈現目前爲止最高的數値。壽一盯著螢幕，流露憂鬱的眼神。

「一月三日，是什麼日子呢？我們已知道。就是死於下關海岸的，大串愼吉先生的忌日。愼吉先生是您所愛的人，對吧？『早知道就不愛。不被愛好痛苦。說好要變成石頭，不知何時錯認爲花朵。以爲是舞動的蝴蝶』，這些都代表您對愼吉先生的思念。可是，愼吉先生愛的是鳥山三津小姐。『所以動了卑劣的念頭，犯下罪過』指的是殉情。由於這個案件，您逃離下關，來到岡山的『Peach & Peach』。在這裡，您邂逅了三宅善藏先生，幫他開了『波克』這間店，實現他的夢想，但因美鈴女士的出現，您再次受挫。於是，您流浪到大阪，遇見『熱呼呼的蒸氣。帶著一種深度。盼望許久的溫暖』。您開始和赤城壽士先生、壽一先生、壽子女士一起生活。即使在這樣的時刻，您仍無法放下心中大石，欣然接受安逸的生活。『遙想京都町的阿清與龜松，京都帝大的法學士與陪葬的女人，都染上莫名的病，踏上前往名勝的旅途』。您依然無法擺脫殉情一案的陰影。聽過這個故事的說唱歌謠後，我們終於明白。龜松爲違背倫理的愛情所苦，決意殉情。帝大生因肺病厭世，和作爲陪葬的女性一起殉情。您一直告誡自己，以後不能再眞心愛人，表現在『再也不會得那種病。我的心如鐵石。希望不會遭到報應』這段文字。自昭和二十二年以後，您每天都過著充滿痛苦和掙扎的日子吧。但多虧您勇敢地活下來，爲善藏先生、美鈴女士、岡田母女，當然還有最重要的赤城壽士先生的心中，留下無可取代的回憶。確認這一點後，我們回憶偵探的工作便能告一段落。最後，想請您聽聽這段音樂。」

佳菜子以眼神向眞示意。

考量到若絹枝仍用棉被裹住自己，可能會無法使用耳機，所以眞事先準備了手提式CD播放器。

眞按下播放器的開關。

炭坑節的伴奏響徹病房，說唱歌謠開始了。

16

壽士的狀態已穩定下來，免疫力恢復，不用擔心受到傳染病感染，獲得回家休息的許可。

浩二郎跟佳菜子和眞交換意見，並與壽子、壽一達成協議後，決定把前天絹枝留在錄音筆裡的話，直接播放給壽士聽。

雖然有些內容可能會對壽士造成心情上的衝擊，影響到大病初癒的身體，但浩二郎認爲，光用文字組成的報告書，很難完整傳達絹枝的心情。

「請回想一下，前天聽完絹枝女士說的話有什麼感覺。如果大家還是覺得，應該避免對壽士先生造成太大的負擔，我們就改爲提出報告書。」

壽子與壽一經過深思熟慮後，答應浩二郎的提議。

抵達壽士家，壽子請浩二郎一行人進屋。他們在客廳坐下後，壽一就推著坐輪椅的壽士出來。

「你們好，聽說這次得到你們的大力幫忙。」

壽士的氣色很好。壽一說，暫時要坐輪椅行動，但只要三個月左右，就能在庭院散步。

「平井醫師也在場，眞是太好了。」

壽一量脈搏的同時，把目光投向眞。

「聽說，偵探先生以前是醫師。」

壽士微笑以對。

趁著壽一進行診察的時間，浩二郎自我介紹是偵探社的代表人，並告知這趟拜訪的用意。

郎，絕對不要勉強。」

「絹枝終於願意開口了啊……」

他露出不知是喜是悲的表情，邊咳邊說。

「是的。我們全錄下來了，待會請您慢慢聽。若覺得有不舒服的地方，請立刻告訴令

「我知道了。快、快，放給我聽。」

壽士傾身向前，幾乎像要直接撞上放在桌面的小型錄音筆。

浩二郎按下錄音筆的播放鍵。

輸了，我認輸了。非常抱歉，大家說的話，我全都聽得懂。我是在演戲。起初的兩、三天，腦袋眞的有些遲鈍，但在護理師的細心照顧下，其實早就恢復……我覺得，你們實在沒必要理像我這樣的女人。我故意一直不吃東西，想著不如直接餓死算了。非常對不起。我本來是打算這麼做。我沒有臉見壽士……可是，聽完說唱音樂，想起那個時代的經歷，眼淚就忍不住流下了。不過，沒想到能再聽到這首歌謠。明明是最辛苦的時候，但莫名覺得好懷念，淚水停不住。

咦，我講話怎麼不知不覺帶著口音？爲了不讓我的出身曝光，一直以來都嚴實隱藏的啊。不管走到哪裡，我從不說家鄉的方言。但聽到妳剛才說的，再聽到這首歌謠，我就決定豁出去了。我很感動，像我這種女人居然受到大家如此認眞的對待。

為什麼要替我做到這個地步？就算是做生意，也用不著把我所有的詩都背起來吧？

雖然寫得不好，但我很喜歡詩。我是無師自通，沒有去學校上課，撿地上的報紙自學的。在舊書店買的字典，是我的寶貝。

為什麼我不去上學？我是被撿來的小孩。四歲的時候，我被在筑豐小坑挖礦的一名叫古手川弘的男人撿走。父母大概以為把我丟在那裡，就會有人把我撿走吧。我身上空無一物，只有脖子上掛著一只護身符袋。護身符的袋子裡，有一張寫著我名字的小紙片，以及一根圓柱型、像樹枝一樣的東西。

我不記得父親，但還記得母親的臉。她哭著對我說，要聽這裡的人的話，然後就跑走了。所以，我乖乖聽那男人的話，什麼都順著他的意。不僅是家務，他有小嬰兒，所以也要照顧小嬰兒。做這些事並不苦，最痛苦的事那男人對我施暴……大概從九歲開始吧，我每天、每天都害怕晚上的到來。那個時候，我一心求死，但還是忍耐下來，沒多久就被趕出去工作。

昭和十六年，戰爭開始，國家需要大量煤炭，我十五歲就進礦坑。昭和八年以後，政府規定女人不准進礦坑工作，不過中小礦坑視若無睹。雖然遭受那男人的暴力對待很痛苦，但坑內的工作也很辛苦。那男人有兩個小孩，十一歲和九歲。他相當疼愛她們，還讓她們去上學。

我漸漸失去人性，心想假如讓他受傷，他晚上就不會對我施暴。於是，我多次向負責撒石灰的朝鮮人叔叔說：今天我來撒，你去休息吧。就算沒撒石灰，也不一定會發生煤塵爆炸。光是想到原來我也可以反抗，氣就消了大半。不料，不知道在第幾次的時候，礦坑眞的爆炸。然後，古手川弘就死了。我那兩個妹妹，雖然不是親手足，但我很痛心，後悔奪走她們的父親。那是我十七歲發生的事。

失去一家之主後，換成弘的弟弟管理礦坑。那人好賭，無藥可救。最後，用四百圓的價格把我賣到下關的娼館三年。

那間娼館有一個也是被賣來的女生，每天都在說她想死在什麼地方。像是哪裡的海邊比較好，哪裡的山谷是著名的自殺地點，聊的淨是這些。這也難怪，每天都被不喜歡的男人抱著。妳這個年紀的小姐應該能理解吧，被不喜歡的男人抱著。

這個叫三津的女生，每天都嚷嚷著想死。某天，她跑來拜託我讀信。那是情書，愼吉寫給她的。如同你們調查到的，愼吉是帝大的法學士，我對他十分傾心。這是我第一個喜歡的男人。三津不識字，拜託我代筆。你們不覺得太殘忍嗎？

我被嫉妒逼到發狂，想出一個壞點子作弄他們。我知道愼吉爲肺病所苦，如果愼吉邀三津一同赴死，她絕不會起疑。我倒要看看，收到這樣的信，三津會有什麼反應？反正她平常老說要死，也沒眞的去死，想必只是嘴巴說說而已。

不料，他們眞的殉情了……我的初戀情人就這樣被帶走。妳說，還有比這更慘的失戀嗎？戰爭結束第二年，我的賣身契到期，於是我離開這個地方。

後來，就像小姐說的，我流浪到岡山。在「Peach & Peach」時，有次我看到愼吉，嚇一大跳，以爲是幽靈。後來才想到，對了，他有一個哥哥，兩人長得眞像。

我在娼館時，才知道自己沒有戶籍，不能上學，工作只能在花街柳巷找。想到這一點，便明白這輩子不可能結婚。

我是殺死繼父、愼吉，還有三津的凶手。像我這樣的人，赤城家的人居然還歡迎我，獻出溫暖的手臂，我很感謝。能夠住在這麼棒的地方，我非常感恩。可是，怎能只有我得到幸福？我想向大家吐露眞相，說明自己沒資格過這種生活，但我提不起勇氣。煩悶不已時，我心想，何不寫詩抒發心情，或許較能放鬆……只是，我寫的內容，都是在責備自己……

就在此時，壽士腦梗塞，身體變得虛弱，在年底寫了一封遺書，說要把財產留給我。果然報應就來了。愼吉出現在我新年的第一個夢，要我跟他一起去死。

聽到這裡，浩二郎關掉錄音筆，對著瞪大眼凝視桌子的壽士說：

「戰前、戰時，還有戰後，從昭和到平成，這就是絹枝女士走過那壯烈人生的足跡。」

「眞不敢相信。這是我從沒聽過的方言，內容也……絹枝做那種事的理由，居然是夢到初戀男人。」

壽士不禁緊咬牙根。

「看到絹枝女士在房裡昏倒，您立刻知道她企圖自殺嗎？」

「畢竟那件油菜花圍裙纏在她脖子上，我馬上幫她解開。後來想想，既然知道她企圖自殺，我怕會造成這棟大樓住戶的困擾，又擔心處處爲我們著想的兒女無端遭受波及。」

「所以，您就把圍裙銷毀了。」

「絹枝很喜愛那件圍裙，但沒辦法。」

「您也想知道絹枝女士的故鄉、過去，還有自殺的原因吧？所以才允許我們這些偵探出動調查。」

「沒錯。」

「雖然很想說，我們的工作已告一段落，不過，即使知道原因，只要絹枝女士存有尋死的念頭，您、絹枝女士，還有兩個子女仍是不幸的。」

「什麼意思？」

「我們得到絹枝女士的允許，打開保險箱。請看這個。」

浩二郎將保險箱放在桌上，拿出一本破破爛爛的國語辭典。

「這就是絹枝的寶貝字典？」

「是的，裡面夾著這張紙。」

浩二郎從被翻到破爛的字典中，取出一張不怎麼舊的紙。

「這也是詩嗎？」

「是的。」

浩二郎攤開紙張，遞給壽士。

直落黑暗。伸手不見五指的闃黑洞穴。

震耳欲聾的爆破聲，眼前出現一道白光，瞬息消逝。

又，落入漆黑。

土石的味道混雜血的惡臭。

那人是生是死。

我是生是死。

一如往常，用手摸索，挖土塊。

指尖碰到了什麼。

感覺到手掌抓著一塊凹凹凸凸的石頭。

我靠著這石頭，活到現在。

爲了把這塊石頭帶回去，我使勁握緊它。

像蜥蜴一樣，我立起雙肘。

一點一點摩擦著腹部，改變身體方向。

看見遠方傳來微光。

渾身塵土的蜥蜴朝著微弱的光線前進。

活下去，我會好好活下去。

「我沒有向本人確認過，但應該是描述煤塵爆炸的狀況。在這首詩中，我看見絹枝女士新的出發點。就在最後一行。」

「活下去，我會好好活下去。」

壽士念出來。

「沒錯，有一句話是這麼說的：『倒地者將藉由地面起身。』」

「什麼意思？」

「跌倒在地面的人，更要靠地面撐住身子，才能站起。看見地獄的人，更要想辦法從地獄脫身。赤城先生，我希望由您來傳達這個訊息。爲了向您告白她沒有活下去的資格，她才開始寫詩。能夠否定她這個想法的人，只有您。」

「她只把這首詩藏在保險箱，用意是……」

「這是絹枝女士最眞實的想法。她應該是無意識中封印這一首詩。」

「實相先生……」

「錄音還沒結束。」

浩二郎再度按下播放鍵。

──您房間內的圓形木棒，我拿給九州出身的人看過。

「那是放在護身符袋裡的東西，上面有一些倒刺。」

──聽說是很久以前的木鷽，太宰府天滿宮製作的。一塊以鷽（註）這種小鳥爲象徵圖案的木頭。但最初並未塗色，只有上端兩側鑿出幾根倒刺，讓它看起來像小鳥的頭。

「原來那是木鷽。父母放在我身上，表示……」

──一定有他們的用意。或許太宰府市才是您眞正的故鄉。一般的護身符袋不會放進木鷽。而且，那個袋子是手工縫製的，對嗎？

「對，是手工做的，縫得十分漂亮。」

──特地給您放木鷽的。

「小姐，妳是不是想說什麼？」

──我調查過許多關於煤礦的情報，包括礦工住宅。書上寫到，過於嚴苛的勞動環境，導致這裡的住戶凝聚力特別高，並建構出一個有強烈互助精神的社區。而且，這樣的社區還不少。我猜測，絹枝女士的母親約莫是聽到這樣的風評，才會想把您託付給那裡的

註：灰雀的一種。

人。很不幸地，您寄住的家不如她的預想。京都的天滿宮和太宰府的天滿宮不同，沒有每隔一年到神社交換木鷽的習俗。而這種習俗的目的，是希望信眾藉由這個儀式，把過去的壞事一筆勾消，換上今年的好運。令堂原本打算一年後再來接您。

「妳是說，母親不是要遺棄我？」

——如果眞的要遺棄您，就不會手工縫製護身符袋，讓您帶著木鷽。

「……小姐，眞的很謝謝妳。妳實在太窩心，我覺得胸口似乎暖和起來了。」

浩二郎暫停播放，手又伸進保險箱。

「這就是護身符袋。」

他把東西擺在壽士面前。

「她還留著啊。」

「大概對於被拋棄這件事，始終耿耿於懷吧。從四歲起，絹枝女士就不知道什麼是撒嬌。但在她內心深處，一直想相信母親給過她溫暖。就連我，看到這袋子縫得如此細緻，便知道一定沒錯。這是我個人的請求，等壽士先生身體康復後，可以和絹枝女士一起去交換木鷽嗎？」

「我知道了、我知道了，我會趕快恢復健康。」

說完，壽士又略顯不安地看了看輪椅。

「放心，你們夫妻一定能如願一起去太宰府天滿宮。」

這麼一來，壽士的人生也有了目標。

「呃，那個是……？」

壽士窺看保險箱內。

「是的，黑羽毛。這根羽毛比字典還破爛，我都不太敢碰觸。」

「明明過得那麼辛苦，為什麼還要捐款給煤礦的人？」

「大概是造成那場爆炸，害妹妹失去父親，她想彌補罪過吧。」

絹枝的愧疚，驅使她採取募款與捐款的行動。

「能源政策到底算什麼啊？煤炭帶給世人那麼多便利，說丟就丟，一點也沒替那些流下汗水、拚命工作的人著想。」

壽士說，全日本都享受到煤炭帶來的好處，卻這樣對待挖礦的人。

「就算要廢坑，至少也要心懷感謝與愛。」

以煤炭支持日本生活的那些無名礦工，其中包括被抹消存在事實的女礦工，我們從戰時到戰後都仰賴這群人的努力，這段歷史絕不能被遺忘。

浩二郎向大家說明，報告書會在後天提交，〈書寫沉默之詩的女人〉一案以此作結，接著以目光向佳菜子與眞示意。

於是，兩人接連起身，向大家致意，並交換自身的感想。

看到這幕情景，浩二郎感觸頗深，佳菜子和眞確實有所成長。

離開壽士家，浩二郎站在電梯前。透過一旁的大窗戶，可眺望琵琶湖。湖面上有一隻背對著夕陽天色的白鳥。牠的黑色輪廓，彷彿訴說著歷經長途跋涉，好不容易終於抵達這塊安息之地。只見牠收起羽翼，正準備好好休息。

終曲

當晚，享用三千代親手做的料理當小小的慶功宴後，佳菜子回到家已是晚上十點多。在慶功宴上，除了眞，每個人都笑容滿面。

由美認爲，絹枝恢復正常，肯說出過去的回憶，並非單靠personal song的力量就能成功，而眞對由美的意見感到不滿。

由美說，就算炭坑節的音樂眞的打進絹枝的內心世界，但若少了佳菜子的體貼，仍無法成功。

洗完澡，佳菜子把腳伸進暖桌，喝著熱可可，一邊看自己拍的木鷺照片。

把過去的壞事一筆勾消，是嗎？

絹枝的母親一定是這麼希望，可惜應該已不在人世。

浩二郎提議向家事法院申請入籍許可，但現況是無法確認親子關係，困難度相當高。浩二郎約莫是希望，至少要留下絹枝努力活下來的痕跡，而不是銷聲匿跡。

佳菜子拿起手機，打算向雄高報告今天的事。

「佳菜。」

雄高立刻接聽。

「現在方便說話嗎？」

「只要沒有轉接語音信箱，就表示我很閒啦。」

雄高苦笑著應道。

「謝謝你告訴我木鷽的來由。」

「所以，你們今天去找委託人？」

「順利結束了這個案子。噢，不過現在才要開始寫報告書。」

「對方接受了啊。」

「最後，實相大哥還拜託他們要去交換木鷽。希望兩人可以一起去太宰府天滿宮。」

「不愧是實相大哥，這種說法真的會讓人充滿希望，否則就稱不上是回憶偵探了，對吧？」

「你似乎很開心。」

「實相大哥的心思實在細膩，妳不覺得嗎？」

「我有同感。」

浩二郎得知琴美想向絹枝謝罪時，就推測是琴美幫絹枝去銀行開戶，畢竟絹枝無法自行開戶。後來，琴美挪用這個戶頭的錢投資丈夫。

但浩二郎並未向琴美追究。佳菜子心想，浩二郎大哥總是能以俯瞰的角度，分辨什麼是大事。目光遠大的程度，她遠遠不及。

「對了，佳菜之前不是接過一個案子，一名女士把貓爪放進玻璃瓶做成墜飾？」

「〈書寫溫暖字跡的男人〉。」

「對，那時我記得妳在報告書上寫著，一個人格外珍惜別人眼中不起眼的小東西，是因那東西蘊含著特殊的回憶。所以，佳菜給我看照片時，我注意到絹枝女士把又舊又髒的木鷺裝飾在櫃子上，顯然極爲特別。會有這種敏銳度，都是拜當過回憶偵探所賜，眞是懷念。」

快點回來吧！佳菜子把差點說出口的話又吞回去。

「由美姊什麼都沒有跟你說嗎？」

如果是由美，一定會建議他歸隊。

「最近通電話，她跟我說了很多。」

「這樣啊，你覺得如何？」

「嗯……我覺得實相大哥肯定沒有這種想法。」

「才不是你想的那樣，不可能。」

「嚇我一跳，佳菜怎會這麼說？最近發生什麼事了嗎？」

「沒、沒有啊。」

她的腦海掠過澤井的臉。

「是嗎？那爲什麼會有這種想法。佳菜，不要被世間的潮流牽著鼻子走。」

雄高語帶勸誡。

「你才是，應該更誠實地面對自己的心情，更有彈性地處世。」

「佳菜啊，實相大哥和三千代姊的感情非常牢固。當然，由美姊也是很棒的女性，但不可能的事就是不可能，不能強求。」

「咦，你在說什麼……？不是、不是，你誤會啦，我不是那個意思。啊啊，怎會這樣！」

「怎麼了嗎？」

「本鄉，我想表達的是，希望你快點歸隊，快點回到回憶偵探社。」

佳菜子大聲地說。

「什麼？原來是這樣啊。我還以爲……算了，佳菜，謝謝妳。其實我近期就會和實相大哥見面。」

「哦，那你的想法是……？」

「我不希望對演員之路還有留戀，也不想抱著半吊子的心態替人尋找回憶。後天，某部電影的試鏡結果會出爐。我會根據試鏡結果，做出決定。」

「我知道了。」

佳菜子也無法判斷，對雄高來說，究竟那一份工作比較重要。不管選擇哪一個，她相信雄高的人生都不會白白度過。

「那麼，佳菜也加油吧。」

「好，我會努力。」

拿著掛斷的電話，佳菜子的目光再次落在木鷽的照片上。明明只是一根圓木，不可思議的是，她似乎看見它背後長出一對翅膀。

（全文完）

NIL 30／尋找回憶的偵探們3
——沉默之詩

原著書名／沈黙の詩 京都思い出探偵ファイル
原出版者／PHP研究所
作　　者／鏑木蓮
翻　　譯／鄭舜瓏
責任編輯／詹凱婷、陳盈竹
編輯總監／劉麗眞
總 經 理／陳逸瑛
榮譽社長／詹宏志
發 行 人／涂玉雲
出 版 社／獨步文化
城邦文化事業股份有限公司
104台北市中山區民生東路二段141號5樓
電話：(02) 2500-7696　傳眞：(02) 2500-1967
發　　行／英屬蓋曼群島商家庭傳媒股份有限公司
城邦分公司
104 台北市中山區民生東路二段141號2樓
網址／www.cite.com.tw
讀者服務專線／(02) 2500-7718；2500-7719
服務時間／週一至週五：09：30～12：00　13：30～17：00
24小時傳眞服務／(02) 2500-1900；2500-1991
讀者服務信箱E-mail／service@readingclub.com.tw
劃撥帳號／19863813
戶名／書虫股份有限公司
香港發行所／城邦（香港）出版集團有限公司
香港灣仔駱克道193號東超商業中心1樓
電話／(852) 2508-6231　傳眞／(852) 2578-9337
E-mail／hkcite@biznetvigator.com
馬新發行所／城邦（馬新）出版集團
Cite (M) Sdn Bhd
41, Jalan Radin Anum, Bandar Baru Sri Petaling,
57000 Kuala Lumpur, Malaysia.
Tel: (603) 90578822
Fax:(603) 90576622
封面設計／Lyrince
封面設計／蕭旭芳
排　　版／游淑萍
印　　刷／中原印刷傳媒股份有限公司
●2019（民108）4月初版
售價320元

 ISBN 978-986-9447-31-7

國家圖書館出版品預行編目資料

尋找回憶的偵探們3—沉默之詩 / 鏑木蓮著
; 鄭舜瓏譯 . –初版. – 台北市：獨步文化，
城邦文化出版：家庭傳媒城邦分公司發
行，民108
　面 ； 公分. --（NIL ; 30）
譯自：沈黙の詩 京都思い出探偵ファイル
　ISBN 978-986-9447-31-7
861.57　　　　　　　　　108003086

104台北市民生東路二段 141 號 2 樓

英屬蓋曼群島商家庭傳媒股份有限公司
城邦分公司

請沿虛線對摺，謝謝！

書號: 1UY030	**書名**: 尋找回憶的偵探們3：沉默之詩	**編碼**:

請於此處用膠水黏貼

讀者回函卡

謝謝您購買我們出版的書籍！

請費心填寫此回函卡，我們將不定期寄上城邦集團最新的出版訊息。

姓名：＿＿＿＿＿＿＿＿＿＿ 性別：□男 □女

生日：西元＿＿＿＿年＿＿＿＿月＿＿＿＿日

地址：＿＿＿＿＿＿＿＿＿＿＿＿＿＿＿＿＿＿＿＿

聯絡電話：＿＿＿＿＿＿＿＿＿＿ 傳真：＿＿＿＿＿＿＿＿

E-mail：＿＿＿＿＿＿＿＿＿＿＿＿＿＿＿＿＿＿＿＿

學歷：□1.小學 □2.國中 □3.高中 □4.大專 □5.研究所以上

職業：□1.學生 □2.軍公教 □3.服務 □4.金融 □5.製造 □6.資訊

□7.傳播 □8.自由業 □9.農漁牧 □10.家管 □11.退休

□12.其他＿＿＿＿＿＿＿＿＿＿＿＿＿＿＿＿＿＿

您從何種方式得知本書消息？

□1.書店 □2.網路 □3.報紙 □4.雜誌 □5.廣播 □6.電視

□7.親友推薦 □8.其他＿＿＿＿＿＿＿＿＿＿＿＿＿＿

您通常以何種方式購書？

□1.書店 □2.網路 □3.傳真訂購 □4.郵局劃撥 □5.其他

您喜歡閱讀哪些類別的書籍？

□1.財經商業 □2.自然科學 □3.歷史 □4.法律 □5.文學

□6.休閒旅遊 □7.小說 □8.人物傳記 □9.生活、勵志 □10.其他

對我們的建議：＿＿＿＿＿＿＿＿＿＿＿＿＿＿＿＿＿＿

＿＿＿＿＿＿＿＿＿＿＿＿＿＿＿＿＿＿

＿＿＿＿＿＿＿＿＿＿＿＿＿＿＿＿＿＿

為提供訂購、行銷、客戶管理或其他合於營業登記項目或章程所定業務需要之目的，家庭傳媒集團（即英屬蓋曼群島商家庭傳媒股份有限公司城邦分公司、城邦文化事業股份有限公司、書虫股份有限公司、墨刻出版股份有限公司、城邦原創股份有限公司），於本集團之營運期間及地區內，將以mail、傳真、電話、簡訊、郵寄或其他公告方式利用您提供之資料（資料類別：C001、C002、C003、C011等）。利用對象除本集團外，亦可能包括相關服務的協力機構。如您有依個資法第三條或其他需服務之處，得洽詢本公司服務信箱cite_apexpress@cite.com.tw請求協助。相關資料不提供亦不影響您的權益。

□我已詳讀權利義務之相關條款，並同意遵守。

請於此處用膠水黏貼